París en el corazón
Sarah Morgan

Editado por HARLEQUIN IBÉRICA, S.A.
Núñez de Balboa, 56
28001 Madrid

I.S.B.N.: 978-84-9000-869-0
Depósito legal: B-35525-2011
Editor responsable: Luis Pugni
Preimpresión y fotomecánica: M.T. Color & Diseño, S.L.
C/ Colquide, 6 portal 2 - 3º H. 28230 Las Rozas (Madrid)
Impresión en Black print CPI (Barcelona)
Fecha impresion para Argentina: 18.6.12
Distribuidor exclusivo para España: LOGISTA
Distribuidor para México: CODIPLYRSA
Distribuidores para Argentina: interior, BERTRAN, S.A.C. Vélez
Sársfield, 1950. Cap. Fed./ Buenos Aires y Gran Buenos Aires,
VACCARO SÁNCHEZ y Cía, S.A.
Distribuidor para Chile: DISTRIBUIDORA ALFA, S.A.

Capítulo 1

YA ESTÁ aquí. Ha llegado. Damon Doukakis acaba de entrar en el edificio.

Aquella voz nerviosa sacó a Polly de sus sueños. Levantó la cabeza de sus brazos y la luz del sol que se filtraba por la ventana la cegó.

–¿Cómo? ¿Quién? –preguntó arrastrando las palabras.

Su mente volvió poco a poco del mundo de los sueños. El dolor de cabeza que había formado parte de su vida durante la última semana, seguía acompañándola.

–He debido de quedarme dormida –continuó–. ¿Por qué nadie me ha despertado?

–Porque llevas días sin dormir y das miedo cuando estás cansada. Te traigo algo para que te despiertes y tengas fuerzas –respondió la mujer, sujetando un par de tazas y una gran magdalena mientras cerraba la puerta con el pie.

Polly se frotó los ojos y miró la pantalla de su ordenador portátil.

–¿Qué hora es?

–Las ocho.

–¿Las ocho? –repitió y se levantó de un salto, esparciendo por el suelo los papeles y bolígrafos–. ¡La reunión es dentro de quince minutos!

Polly apretó el botón para guardar el documento en el que había estado trabajando toda la noche. Le temblaban las manos por el brusco despertar. Su corazón latía acelerado y tenía un nudo en el estómago. Todo estaba a punto de cambiar.

–Tranquila –dijo Debbie y atravesó la habitación para dejar las tazas sobre la mesa–. Si se da cuenta de que estás asustada, te pisoteará. Eso es lo que hacen los hombres como Damon Doukakis. Cuando perciben debilidad, se aprovechan.

–No estoy asustada.

La mentira constriñó su garganta. Tenía miedo de la responsabilidad y de las consecuencias de un fracaso. Y sí, tenía miedo de Damon Doukakis. Sólo un tonto no lo tendría.

–Lo vas a hacer bien. Todos dependemos de ti, pero no quiero que el hecho de que tengas el futuro de cien personas en tus manos te ponga nerviosa.

–Gracias por tus palabras de ánimo –dijo Polly y dio un sorbo de café a la vez que comprobaba los mensajes de su móvil–. Tan sólo he dormido un par de horas y tengo cien mensajes. ¿Es que la gente no duerme? Gérard Bonnel ha vuelto a cambiar la reunión de mañana para por la tarde. ¿Hay algún vuelo a París más tarde?

–No vas en avión. El tren era más barato. Te saqué billete en el de las siete y media desde St Pancras. Si ha cambiado la hora de la reunión, tendrás casi todo el día para matar el tiempo –dijo Debbie y se echó hacia delante para tomar un trozo de magdalena–. Ve a ver la Torre Eiffel, haz el amor en un banco del Sena con un atractivo francés. *Ooh la la.*

Polly se concentró en el correo electrónico que estaba contestando y no la miró.

–Hacer el amor en público es un delito incluso en Francia.

–No tanto como carecer de vida sexual. ¿Cuándo fue la última vez que tuviste una cita?

–Suficientes problemas tengo ya como para añadir otro más –dijo Polly y apretó el botón de enviar–. ¿Enviaste una orden de compra para la promoción de esa revista?

–Sí, sí. ¿No puedes dejar de pensar en el trabajo? A Damon Doukakis le gustará saber que tienes eso en común con él.

–El resto de los correos electrónicos va a tener que esperar –dijo Polly dejando el teléfono móvil en la mesa–. Maldita sea, quería echarle otro vistazo a la presentación. Tengo que peinarme... No sé por dónde empezar.

–Por el pelo. Has estado durmiendo apoyada en la cabeza y pareces la Barbie Mohicana. Espera, estamos ante una emergencia.

Debbie sacó de un cajón una plancha de alisar el pelo y la enchufó.

–Tengo que ir al baño y maquillarme.

–No hay tiempo. No te preocupes. Estás bien. Se te da muy bien mezclar lo antiguo con lo moderno –dijo Debbie, pasando la plancha por un mechón de pelo de Polly–. Además, esas medias rosas surtirán efecto.

Sin mover la cabeza, Polly desenchufó su ordenador portátil.

–No puedo creer que mi padre todavía no haya llamado. Su compañía está a punto de ser aniquilada y no aparece por ningún sitio. Le he dejado un montón de mensajes.

–Ya sabes que nunca enciende su móvil. Odia ese aparato. Ya estás lista –dijo Debbie desenchufando la plancha del pelo.

Polly se recogió el pelo en un moño bajo.

–Incluso llamé a algunos hoteles de Londres anoche para saber si un hombre de mediana edad con una joven estaban alojados.

–Te habrá resultado embarazoso.

–Crecí pasando vergüenza –dijo Polly sacando las botas de debajo de la mesa–. Damon Doukakis se pondrá furioso cuando vea que mi padre no viene.

–Los demás hemos hecho un esfuerzo para compensar su ausencia. Todo el mundo en la empresa ha llegado pronto y se ha puesto a trabajar de inmediato. Si Damon Doukakis busca vagos, aquí no los va a encontrar. Nos hemos propuesto causar una buena impresión.

–Demasiado tarde. Damon Doukakis ya ha tomado una decisión respecto a lo que quiere hacer con nosotros.

Y ella sabía lo que era. El miedo se apoderó de ella. Se había hecho con el control de la compañía y podía hacer con ella lo que quisiera. Era su venganza, su manera de mandarle un mensaje al padre de Polly.

Pero era un arma peligrosa. El fuego abrasador de su cólera no sólo iba a quemar a su padre, sino también a un montón de inocentes que no se merecían perder su trabajo.

El peso de la responsabilidad era agobiante. Como hija del dueño sabía que tenía que hacer algo, pero lo cierto era que no tenía poder. No tenía autoridad.

Debbie engulló un trozo de magdalena.

–En alguna parte he leído que Damon Doukakis se pasa el día trabajando. Al menos tenéis algo en común.

Después de tres noches sin dormir, Polly era incapaz de concentrarse. Agotada, trató de despejar la mente.

–He hecho algunos cálculos. Confiemos en que Michael Anderson sea capaz de manejarse con el ordenador portátil. Ya sabes lo mal que se le da la tecnología. He guardado la presentación de tres maneras diferentes ya que la última vez no sé qué hizo, pero la borró. ¿Ya ha llegado el resto del consejo?

–Todos llegaron a la vez que él, aunque no nos han dicho nada. Ninguno de ellos ha tenido las agallas de mirarnos a la cara desde que vendieron sus acciones a Damon Doukakis. Todavía no entiendo por qué un magnate rico y poderoso como él ha comprado nuestra pequeña compañía. No somos su estilo, ¿no?

–No, no somos su estilo.

–¿Así que nos ha comprado por diversión? –preguntó Debbie y se chupó los dedos tras terminar la magdalena–. Quizá sea algún tipo de terapia para millonarios. En vez de ir a comprarse zapatos, va y se gasta una fortuna en una agencia de publicidad. Les ha pagado un montón de dinero a los miembros del consejo.

Polly sabía por qué había comprado la compañía y no era algo que pudiera contar. Damon Doukakis le había hecho prometer que guardaría silencio después de la llamada telefónica que le había hecho unos días antes. No le había contado nada de aquella llamada a nadie. Tampoco a ella le interesaba que los motivos fueran de conocimiento público.

–No me sorprende que el consejo vendiera. Son unos avaros. Estoy harta de sus comidas y de sus billetes de avión en primera clase para después tener que oír que no damos beneficios. Me recuerdan a los mosquitos, sacándonos la sangre para...

–Polly, eso es asqueroso.

–Ellos son asquerosos.

Polly repasó mentalmente la presentación. ¿Se le habría olvidado algo?

–Si yo fuera a hacer esa presentación, no estaría tan preocupada.

–Deberías ser tú la que lo hiciera –señaló Debbie.

–Michael Anderson tiene miedo de que abra la boca. Tiene miedo de que cuente quién hace el trabajo. Además, soy la asistente ejecutiva de mi padre, sea lo que sea que eso signifique. Mi labor es hacer que todo siga su curso.

No había estudiado en la universidad. Había aprendido observando, escuchando y siguiendo su instinto y sabía que para la mayoría de los empleados eso no sería suficiente. Polly se llevó la mano al estómago, deseando tener un título de Harvard.

–Doukakis ya tiene una agencia de publicidad en su grupo empresarial. No necesita otra y menos aún a nuestro personal. Tan sólo va a hincar el diente a...

–Si Damon Doukakis está como loco por la empresa de tu padre, de alguna manera es un halago, ¿no? Y das por sentado que nos echará a todos, pero quizá no lo haga. ¿Para qué comprar un negocio y luego hacerlo pedazos? Anímate –dijo Debbie dándole una palmada en el hombro–. Quizá Damon Doukakis no sea tan despiadado como dicen. Todavía no lo has conocido en persona.

Sí, sí que lo había hecho.

Polly sintió que se ruborizaba y cerró el ordenador portátil.

Se habían visto en una ocasión en la oficina del director, cuando otra chica y ella habían sido expulsadas del colegio femenino al que asistían. Por desgracia, la otra chica había resultado ser la hermana de Damon Doukakis. El recuerdo de aquel día la hizo temblar.

No se hacía ninguna ilusión de lo que le deparaba el futuro. Para Damon Doukakis, ella era una persona problemática y con problemas de personalidad. Cuando levantara el hacha, ella sería la primera en despedazar.

Polly se pasó la mano por la nuca. Tal vez pudiera ofrecer su dimisión a cambio de que mantuviera al personal. Él buscaba un sacrificio por el comportamiento de su padre, ¿no? Así que ella sería el sacrificio.

Debbie recogió el plato.

–¿Con quién está saliendo tu padre ahora? ¿No será la mujer que conoció en las clases de salsa, no?

–No lo sé –contestó mintiendo–. No se lo he preguntado –añadió y se guardó el móvil en el bolsillo del vestido–. Es una locura, ¿verdad? No puedo creer que ese Damon Doukakis esté a punto de aparecer aquí y quedarse con todo por lo que mi padre ha trabajado, y que mi padre esté en cualquier hotel por ahí...

–¿Haciendo el amor con una mujer a la que le dobla la edad?

–¡No digas eso! No quiero imaginarme a mi padre haciendo el amor y menos aún con una mujer de mi edad.

–Deberías estar ya acostumbrada. ¿Será consciente tu padre de que su vida sexual es la causa por la que nunca has tenido una relación?

–No tengo tiempo para esta conversación –dijo Polly apartando aquellos pensamientos y poniéndose las botas–. ¿Te has ocupado de que haya café y pastas en la sala de juntas?

–Todo está listo. Aunque creo que Damon Doukakis es una especie de tiburón blanco –dijo Debbie imitando con las manos la aleta de los tiburones–. Se mueve por las aguas comiéndose todo lo que encuentra en su camino. Confiemos en no ser un bocado apetecible.

Incómoda, Polly dirigió la mirada hacia la pecera que tenía junto a la mesa.

–No hables tan alto. Romeo y Julieta se están poniendo nerviosos. Se están escondiendo entre las plantas acuáticas –dijo deseando poder estar con los peces.

Nunca en su vida había temido algo tanto como aquella reunión. Durante los últimos días había sacrificado sus horas de sueño tratando de buscar la manera de salvar al personal. Ya no se hacía ilusiones sobre su futuro, pero aquella gente era como su familia e iba a luchar hasta la muerte para protegerlos.

El teléfono de su mesa sonó y lo descolgó sin ningún entusiasmo.

–Polly Prince...

Reconoció la voz de Michael Anderson, el segundo de su padre y director creativo de la agencia. A pesar de la hora, era evidente que ya había tomado alguna copa. Mientras le ordenaba que llevara el ordenador portátil a la sala de juntas, Polly apretó con fuerza el auricular. ¡Víbora! Aquel hombre hacía más de una década que no tenía una idea original. Le había chupado la sangre a la agencia y ahora le había vendido sus acciones a Damon Doukakis por un precio desorbitado.

La ira la embargó. Si no hubiera habido venta, toda aquella situación podía haberse evitado.

Polly colgó el teléfono y tomó su ordenador portátil, decidida a hacer todo lo necesario para luchar por los empleados.

–Buena suerte –dijo Debbie mirando a Polly–. Esas botas son perfectas para patear algunos traseros. Y te hacen más alta.

–Ésa es la idea.

La última vez que había visto a Damon Doukakis, la había hecho sentir diminuta en todos los aspectos. Física y emocionalmente la había superado y no iba a dejar que ocurriera de nuevo.

De camino a la sala de juntas, se sintió como si caminara por la cuerda floja. No le era de ayuda el que a cada poco alguien se asomara desde su despacho para desearle suerte. Cada una de aquellas sonrisas nerviosas la hacía ser más consciente de su responsabilidad. Todos confiaban en ella, pero en el fondo sabía que no tenía influencia ni nada con lo que defenderlos. Era como ir a una batalla con un secador de pelo como única arma. Tan sólo esperaba que Michael Anderson usara la presentación que había preparado para luchar por ellos.

Las puertas de la sala de juntas estaban cerradas y se detuvo para respirar hondo. Le molestaba lo nerviosa que estaba. Y no por el consejo, sino por Damon Doukakis. Soltó el aire lentamente y se dijo que diez años era mucho tiempo. Quizá los rumores no fueran ciertos. Quizá se hubiera vuelto más humano.

Llamó a la puerta y la abrió. Por un momento todo lo que vio fueron expresiones engreídas, tazas de café y trajes oscuros cubriendo cuerpos gruesos.

Aferrándose a su ordenador portátil, Polly se obligó a avanzar. Al cerrarse las puertas detrás de ella, echó un vistazo a los hombres sentados en la mesa con los que había trabajado desde que acabara el instituto con dieciocho años. Ninguno de ellos la estaba mirando a la cara.

«Mala señal», pensó.

Un par de consejeros estudiaba sus notas. El ambiente era tenso. Le recordaba a las multitudes que se congregaban en la escena de un accidente. Para muchos, resultaba algo irresistible ver a otro ser humano pasándolo mal. Y ella estaba pasándolo mal. Sabiendo que todos los que estaban sentados a la mesa eran millonarios, Polly no pudo evitar sentir asco.

Habían traicionado a su padre sin dudarlo y se habían desentendido de los empleados.

Estaba tan enfadada con todos ellos que no se había detenido en el hombre sentado a la cabecera de la mesa.

Damon Doukakis presidía la mesa ocupando el puesto de su padre con actitud arrogante y sin ninguna muestra de tener conciencia. Ni hablaba ni se movía, pero todo en él transmitía agresividad masculina.

Aquellos ojos oscuros la miraron y se preguntó cómo era posible que irradiara tanta autoridad sin ni siquiera abrir la boca. De alguna manera dominaba la sala. La escasez de movimientos intensificaba el aura de poder como si de un campo de fuerza se tratara.

Un traje hecho a medida hacía destacar sus hombros anchos y una camisa blanca contrastaba con su piel bronceada. El nudo de su corbata era perfecto y todo en él resultaba impecable. Contrastaba con el resto de los hombres que había sentados a la mesa. No tenía el exceso de peso de los demás. Bajo aquel traje caro, su cuerpo era fuerte y compacto, probablemente resultado del ejercicio y de la misma disciplina que aplicaba a sus prácticas empresariales.

Las mujeres lo encontraban irresistible, por supuesto. Era un macho alfa, responsable de una de las compañías más exitosas de Europa. En medio de la depresión económica, el grupo de comunicación Doukakis era la estrella brillante que iluminaba la recuperación.

Le molestaba que aquel hombre, además de tener una mente privilegiada y un buen olfato para los negocios, fuera tan guapo. No era justo, pensó mientras abría su ordenador. No podía dejarse impresionar por aquel traje. La ropa no ocultaba lo que era, un oportunista despiadado que no se detenía ante nada para obtener lo que quería. Pero entendía por qué el consejo se había dejado embaucar por él. Era el rey de las bestias y los hombres que lo rodeaban eran la comida que se tragaría de un simple bocado. Eran débiles y nunca desafiarían a un hombre como Damon Doukakis.

«Míralo a los ojos, Polly», se dijo.

Sabía que lo peor que podía hacer era mostrarse asustada, así que lo miró. Fue tan sólo durante un segundo, pero algo pasó entre ellos. El impacto de aquel intercambio silencioso la hizo estremecerse y apartó la vista. Temblaba de la cabeza a los pies. Había pensado que se sentiría intimidada, pero lo que no habría imaginado jamás era sentir aquella repentina atracción sexual.

Aturdida, Polly encendió el ordenador.

—Caballeros —dijo e hizo una pausa—, señor Doukakis.

Una mueca de humor apareció en su sonrisa y, a su pesar, Polly se quedó mirando la sensual curva de sus labios. Según los rumores, las mujeres se le daban tan bien como los asuntos de negocios. Doukakis era tan frío y calculador en sus relaciones como en los demás aspectos de su vida. Quizá por eso fuera tan protector con su hermana, pensó. Sabía muy bien cómo eran los hombres.

Cuando sus ojos volvieron a encontrarse con los de él, su lengua se quedó encajada en el paladar y sus labios se negaron a pronunciar las palabras que se habían formado en su cabeza. En aquel momento, Polly se percató de que se había dado cuenta del efecto que le había provocado, el mismo que en todas las mujeres.

—¿Señorita Prince?

Aquella voz fría e irónica la sacó de su ensimismamiento. Era evidente que se acordaba de ella.

—Como sabe, Polly es la hija de nuestro presidente y consejero ejecutivo —dijo Michael Anderson, cuando por fin se atrevió a hablar—. Su padre siempre se aseguró de que tuviera trabajo aquí.

Aquel comentario implicaba que era incapaz de conseguir un trabajo por sí misma. Polly sintió que su mal humor se intensificaba por lo injusto de aquella presentación. Esa ira le ayudó a olvidar las otras sensaciones que estaba teniendo.

Aliviada por haber recuperado el control, apretó una tecla y abrió el archivo.

–He preparado una presentación para explicar la estrategia de nuestro negocio y estudiar las posibilidades para el futuro. Verán que hemos conseguido seis nuevos clientes este año y esas cuentas están...

–No tenemos por qué escuchar esto, Polly –la interrumpió Michael Anderson bruscamente.

Polly descansó los dedos en el teclado. Claro que tenían que escucharla. Sin su presentación, los empleados no tendrían oportunidad alguna de quedarse.

–Pero tiene que...

–Demasiado tarde, Polly –dijo Michael Anderson y se giró hacia los demás miembros del consejo–. Me doy cuenta de que ésta debe de ser una situación muy difícil para ti, pero tu padre ya no controla esta compañía. Siempre ha sido peculiar y ahora parece que ha desaparecido completamente. Incluso hoy, con los rumores de la compra en todos los informativos, no hay ni rastro de él, lo que confirma que el consejo ha tomado la decisión adecuada al vender. El grupo de comunicación Doukakis es el presente. Son momentos muy excitantes –dijo dirigiendo la mirada hacia el hombre que permanecía inmóvil y en silencio presidiendo la mesa–. Va a haber una reestructuración radical. Más adelante habrá despidos, pero quería decírtelo personalmente aprovechando que tu padre no está aquí. Es duro, lo sé, pero esto son negocios.

Polly se sintió como si estuviera en un mundo paralelo. Su cabeza daba vueltas y oía un zumbido en los oídos.

–Espere un momento –dijo con una voz que ni a ella le parecía la suya–. Dice que va a despedir a todo el mundo así, como si nada. Su tarea es protegerlos, demostrarle al señor Doukakis por qué son necesarios.

–Polly, la cuestión es que no se les necesita.

–No estoy de acuerdo –dijo y sintió un nudo en la garganta–. Las campañas que hemos conseguido, las hemos conseguido como equipo. Hacemos un gran equipo.

–Limítate a dejar el ordenador, Polly –dijo Michael Anderson dando unos golpes con el bolígrafo en la mesa–. Si alguien del equipo del señor Doukakis quiere ver la presentación, puede hacerlo.

Ya estaba. La estaban despachando.

Todos los ojos estaban puestos sobre ella, esperando a que se diera por vencida y se fuera.

La compañía de su padre iba a ser disuelta y cien personas iban a perder su puesto de trabajo.

–Aquí no se acaba –dijo Polly mirando a Michael Anderson, el hombre que había traicionado a su padre y que ahora traicionaba a sus compañeros–. Tiene que salir ahí y hacer esa presentación.

–Polly...

–¡Es su responsabilidad! Esta gente trabaja para usted. Debería defenderlos. Gracias a su esfuerzo, ustedes se están dando la gran vida. ¿Por qué me ha pedido que prepare la presentación si no tenía intención de exponerla?

El cansancio y la tensión de la última semana estaban saliendo a la luz.

–Estabas nerviosa por tu padre –dijo Michael tratando de mostrarse preocupado–. Pensé que sería mejor que estuvieras ocupada.

–No soy ninguna niña, señor Anderson. Sé mantenerme ocupada. No he tenido otra opción desde que los consejeros de esta compañía decidieran no hacer nada más que comer y beberse los beneficios.

Consciente de que estaba agotando sus posibilidades, rodeó la mesa y disfrutó de la satisfacción de ver la mirada consternada de Michael Anderson.

–¿Qué estás haciendo? ¿Adónde...? Sé que estás enfadada, pero...

–¿Enfadada? No, no estoy enfadada, estoy furiosa. Tiene a cien empleados ahí fuera mordiéndose las uñas, cien personas temiendo perder sus empleos y ¿no va a luchar por ellos? Es un asqueroso cobarde.

–¡Ya es suficiente! –dijo con el rostro consternado–. Si no fuera por el hecho de que eres la hija del jefe, hace tiempo que habrías sido despedida. Tienes un problema de personalidad. Además, tu forma de vestir...

–La forma en que una persona vista, no afecta su capacidad para trabajar, señor Anderson. Aunque no espero que lo entienda. A excepción del consejo –dijo paseando la mirada por la mesa–, ésta es una agencia joven, fresca y creativa. No tengo por qué ponerme un aburrido traje con la cinturilla elástica para poder dar cuenta de las comidas pantagruélicas.

Con el rostro acalorado, Michael Anderson parecía estar al borde de un infarto.

–Pasaré por alto tu comportamiento porque sé lo difícil que ha sido esta semana para ti. Y voy a darte un consejo ya que tu padre no parece asumir sus responsabilidades como tal. Toma el dinero de la indemnización por despido, vete de vacaciones y piensa en el futuro. Dejando a un lado tu temperamento, eres una buena chica. Y guapa –dijo mirándola de arriba abajo–. Trabajas en las campañas de los clientes por tu padre. En cualquier otra compañía, serías una secretaria. Y no es que haya nada malo en ello. A lo que me refiero es que una chica con tu aspecto, no necesita pasarse las noches estudiando hojas de cálculo, ¿verdad, caballeros?

Hubo un murmullo de asentimiento entre los miembros del consejo. El único que no sonreía era Damon Doukakis. Permanecía en silencio mientras observaba el espectáculo al otro extremo de la mesa.

Polly no veía nada por culpa de la ira que nublaba su vista.

–No se atreva a criticar a mi padre, ni a hacer esos comentarios sexistas y misóginos cuando todos sabemos quién está haciendo el trabajo de esta compañía. Ha hecho esta venta por su beneficio personal. Ahora es multimillonario y nosotros nos quedamos sin trabajo –dijo e intentó contener la emoción de su voz sin lograrlo–. ¿Dónde está su sentido de la responsabilidad? Debería darle vergüenza. ¡Debería darles vergüenza a todos!

–¿Quién te crees que eres? –dijo Michael Anderson.

–Alguien que se preocupa por el futuro de esta compañía y de la gente que trabaja en ella. Si despide a cualquier de ellos sin ni siquiera considerar otras opciones, entonces yo...

¿Qué? ¿Qué podía hacer? Consciente de que no tenía poder, Polly se dio la vuelta y rodeó la mesa, furiosa consigo misma por perder el control. Se sentía agotada y tremendamente desanimada. Había decepcionado a todo el mundo. En vez de mejorar las cosas, las había empeorado.

¿Por qué no se había mantenido fría y tranquila como aquellos gordos trajeados? ¿Por qué no se había ido a dormir la noche anterior? El cansancio siempre alteraba su paciencia.

Nerviosa por el largo silencio, Polly se sintió vencida. Lo había estropeado todo.

–Miren, me iré, ¿de acuerdo? Me iré sin armar escándalo, pero no despidan a nadie –dijo dirigiéndose directamente a Damon Doukakis, que seguía sin moverse–. Por favor, no despidan a todo el mundo por mi culpa.

Cerró el ordenador conteniendo las lágrimas y justo cuando iba a abandonar la habitación, Damon Doukakis habló.

–Quiero ver la presentación. Mándemelo a mi correo electrónico. Quiero ver todo lo que ha preparado.

Su voz sonó dura e inflexible. Sus ojos estaban fijos en los de Polly.

Sorprendida, Polly fue incapaz de moverse. Michael Anderson fue el primero en reaccionar.

–Es una secretaria engreída, Damon. Sinceramente, no debería molestarse...

Damon Doukakis lo ignoró. Seguía mirando a Polly.

–Puede decirle a los empleados que tienen tres meses para demostrar su valía. Los primeros despidos serán los de los miembros del consejo.

Aquella bomba inesperada hizo que la consternación se extendiera rápidamente por la sala de juntas.

Polly se sintió aturdida al reparar en el alcance de sus palabras. No iba a despedir a la plantilla. Su ejecución quedaba suspendida.

Michael Anderson hizo un extraño sonido al intentar aflojarse el cuello de la camisa.

–No puede deshacerse del consejo. ¡Somos el motor de esta compañía!

–Si mi coche tuviera un motor como usted, ya habría sido desguazado –dijo Damon–. No fue leal con la compañía al vender sus acciones. No quiero que nadie que trabaje para mí pueda ser comprado. Tampoco quiero verme demandado por un caso de discriminación sexual, algo que sin duda pasará si permanece en la compañía.

Al ver al otro hombre desmoronarse, Polly se alegró.

Damon Doukakis seguía hablando, detallando sus exigencias sin ninguna emoción.

–Voy a trasladar estas oficinas a mi edificio de Londres. Tengo dos plantas vacías y un equipo dispuesto a hacer la mudanza.

De repente la alegría de Polly se evaporó.

–Pero la plantilla ha estado aquí toda la vida y...

–Señorita Prince, no me preocupa el largo plazo. En negocios, hay que preocuparse por el presente. Carlos, mi segundo al mando, se encargará del día a día de la compañía.

–Pero Bill Henson lleva en ese puesto toda...

–Demasiado tiempo –la interrumpió–. Puede trabajar con Carlos durante los tres próximos meses. Si nos impresiona, se quedará. No me gusta perder a los buenos. Dirijo una meritocracia, no una organización benéfica.

El rostro de Michael Anderson estaba de un extraño color gris.

–Damon... –dijo y carraspeó antes de continuar–, necesita a alguien que le enseñe, que le explique cómo funciona la compañía.

–Al ver el balance, tardé menos de cinco minutos en entender cómo funciona la compañía: muy mal. Y sí, ya había decidido que se quedara alguien que conozca la compañía desde dentro...

Michael forzó una sonrisa desesperada.

–Es un alivio. Por un momento pensé que...

–... y es por ello por lo que la señorita Prince trabajará a mi lado los próximos tres meses.

¿Trabajar a su lado? No, eso no.

–Estoy dispuesta a marcharme, señor Doukakis.

–No va a marcharse a ninguna parte, señorita Prince. Usted y su ordenador van a estar a mi lado hasta que arreglemos juntos todo este desastre.

Sus palabras sonaron ambiguas y Polly se preguntó a qué desastre se estaría refiriendo, si a la compañía o a la relación entre su padre y la hermana de Doukakis.

–Pero...

–Mi gente llegará dentro de una hora para organizar la mudanza. Por supuesto que quien no quiera trasladarse, podrá marcharse.

–Un momento... –dijo Polly sintiendo una pesada carga–. Dimito.

Había asumido que sería la primera en marcharse. Estaba dispuesta a hacer ese sacrificio. De hecho, estaba deseando poner distancia entre Damon Doukakis y ella.

Él fijó su mirada en ella.

–Dimita y despediré a toda la platilla esta misma tarde.

La ira contenida de su voz resonó por toda la sala.

–¡No! –exclamó Polly horrorizada–. Ellos no han hecho nada.

–Echando un vistazo a su balance, me parece demasiado sencillo para creerla. Me pregunto qué es lo que todo el mundo de esta compañía ha estado haciendo este último año. Es justo que le advierta que no tengo mucha esperanza de que esta gente siga trabajando para mí dentro de tres meses. Hay más actividad en un cementerio.

Polly sintió que las piernas le flaqueaban. Pensó en Doris Cooper, que llevaba trabajando para su padre cuarenta años repartiendo la correspondencia. Había enviudado recientemente y llevaba una temporada que no dejaba de equivocarse al repartir las cartas. Como nadie quería incomodarla, se las hacían llegar unos a otros cuando no se daba cuenta. También estaba Derek Wills, que apenas sabía deletrear pero que preparaba un té magnífico para animarlos a todos. Si ella se marchaba, no durarían ni tres semanas.

–De acuerdo, trabajaré para usted. Pero creo que su comportamiento deja mucho que desear.

–No creo que su opinión sobre mí sea peor que la que yo tengo de usted.

Su ira la sacudió con la fuerza de un huracán.

Polly se quedó rígida. Le resultaba imposible no sentirse intimidada a pesar de sus intentos por evitarlo. Había algo aterrador en la mirada oscura y poderosa del hombre que tenía frente a ella. Era evidente que no tenía una buena opinión de ella.

–No está siendo justo.

–La vida no es justa. Le guste o no, ahora forma parte de mi compañía. Bienvenida a mi mundo, señorita Prince.

Capítulo 2

NUNCA en su vida se había encontrado con una operación tan caótica.

Estaba enfadado consigo mismo por haber comprado una compañía que no le ofrecía ningún beneficio y molesto por la despreocupación que los miembros del consejo habían mostrado hacia la seguridad laboral de los empleados. Con un simple movimiento de mano, Damon despejó la habitación.

Le molestaba tener que ocuparse de aquella situación cuando lo que realmente le preocupaba era localizar a su hermana y protegerla de sus propios errores. Después de una intensa semana de reflexión, seguía sin entender qué la había hecho tomar aquella decisión. ¿Su elección por Peter Prince sería otra de sus maniobras para demostrar su independencia? ¿Le estaría desafiando? Se quedó inmóvil unos segundos soportando el peso de la responsabilidad. Había sido su compañera desde que siendo un adolescente se viera obligado a hacerse cargo del bienestar de su hermana.

Interceptó a Polly Prince cuando se dirigía hacia la puerta con los miembros del consejo. Cerró la puerta tras el último de los hombres trajeados y se giró hacia la mujer que hacía más de una década que no veía.

–Esté donde esté, siempre hay problemas a su lado.

Era más alta de lo que recordaba, pero aparte de eso, apenas había cambiado. Seguía siendo aquella adolescente rebelde que había visto en el despacho del director del colegio, escuchando desafiante su suerte.

Damon la miró de arriba a abajo. La elección del vestido que llevaba era otra muestra más de su actitud descuidada e irresponsable en la vida.

Todo el mundo había elegido vestir trajes oscuros para la reunión. Era típico en Polly Prince haber elegido una prenda moderna en vez de algo formal. Su vestido corto dejaba ver unas piernas largas cubiertas con unas brillantes medias rosas y unos botines negros. Se la veía fresca, joven y... sexy.

La repentina explosión de deseo fue inesperada y Damon desvió la mirada de los botines para concentrarse en su rostro.

Acostumbrado a tratar con mujeres que vestían con sobria elegancia, se sentía desesperado porque la autodisciplina que se imponía lo hubiera abandonado. Intentó convencerse de que era lo suficientemente sofisticado como para no sentirse atraído por una muchacha de bonitas piernas. A la vez, trataba de contener la necesidad de quitarse la chaqueta y cubrir aquellas esbeltas curvas.

Para desterrar aquellas sensaciones, se concentró en el asunto de su hermana y el padre de Polly.

–¿Dónde demonios está?

–No lo sé.

–Entonces, cuénteme lo que sepa.

Polly fijó su mirada en él.

–Sé que se ha hecho con la compañía de mi padre. Es evidente que es un megalómano.

Su frío comentario arrojó combustible al fuego que ardía dentro de él.

–No me pique, señorita Prince. Soy un jefe duro, pero como enemigo lo soy aún más. Recuérdelo –dijo y al ver que Polly palidecía, se sintió satisfecho–. No quiero oír nada de esa boca suya más que respuestas a mis preguntas. ¿Dónde está su padre?

–No tengo ni idea.

Aquella sinceridad lo dejó pasmado. Había confiado en que le dijera dónde estaba.

–Tiene que tener alguna manera de contactar con él en caso de emergencia.

–No –dijo sorprendida por su comentario–. Mi padre me enseñó a ser autosuficiente. Si hay una emergencia, la resuelvo yo.

–Me he hecho con la compañía de su padre, señorita Prince. Sin lugar a dudas, esto es una emergencia y no veo que se esté ocupando de ella. No puedo creer que el presidente de una compañía abandone así como así sus responsabilidades.

Aquella muchacha no sabía nada de obligaciones y responsabilidades. Seguía sus propios criterios sin pensar en las consecuencias. Diez años antes había sido su hermana la que lo había sufrido. Apartó la idea de que Polly Prince no podía ser considerada responsable de los defectos de su padre.

–Ha ofrecido un precio muy alto por las acciones y los miembros del consejo han traicionado a mi padre. Eso escapa a mi control. Ahora mismo mi prioridad es hacer todo lo posible por proteger a nuestros leales empleados de las fauces de un depredador.

–Deje ya el numerito. Ambos sabemos que no tiene ningún interés en proteger a la plantilla. La única razón por la que se preocupa por el negocio es porque es su medio de vida. Ninguna otra compañía será tan estúpida como para contratarla. Ha estado sangrando esta empresa durante años, pero ya se ha acabado. Si pensaba que iba a darle una indemnización por marcharse, está muy equivocada. Aunque sea la hija del anterior dueño, a partir de ahora va a tener que ganarse el dinero. Va a tener que dejar de ser una vaga y ponerse a trabajar. Y si de lo único que es capaz es de limpiar baños, entonces limpiará baños.

Cada vez estaba más enfadado. De alguna manera el pasado se mezclaba con el presente.

Aquellos ojos azul zafiro estaban clavados en él. De pronto, ella rió.

—No sabe nada de la compañía que acaba de comprar, ¿verdad? De repente el gran magnate que todo lo ve y todo lo sabe, está completamente ciego.

Su tono destilaba desprecio y Damon, que se enorgullecía de controlar sus emociones, se encontró tratando de contener la tentación de estrangularla.

—Mi único interés en el negocio de su padre es conseguir su cooperación.

—No tiene otra elección más que preocuparse por el negocio. Es suyo. Diría que es una manera extraña de resolver un problema.

—Haré lo necesario para proteger a mi hermana.

Había estado protegiéndola desde que tenía quince años, desde aquella fría noche de febrero en que la policía había llamado a su puerta para darle las malas noticias. Perder a ambos progenitores de aquella manera tan brutal había sido devastador, pero Damon había conseguido salir adelante gracias a que había alguien que dependía de él. Era la única familia que Arianna tenía y lo que había empezado siendo una responsabilidad aterradora, se había convertido en la fuerza para hacer todo lo que hacía. Ahora, proteger a Arianna era algo tan natural como respirar. Nada podría destruir la red de protección que había tejido alrededor de ella.

—Si tiene alguna idea de dónde están, será mejor que me lo diga ahora porque lo descubriré.

–No tengo ni idea. No soy la guardiana de mi padre.

–Arianna es su amiga.

–Y su hermana. Puede confiar en usted tanto como en mí.

–No me cuenta nada de su vida. Y ahora sé por qué. Es evidente que tiene mucho que ocultar.

–Quizá usted no es una persona accesible, señor Doukakis. Arianna tiene veinticuatro años, es una mujer adulta. Si quisiera que supiera lo que estaba haciendo, entonces se lo contaría. Quizá debería confiar en ella.

–Mi hermana es tremendamente ingenua.

–Si no la hubiera protegido tanto, sería más sensata.

Damon se sorprendió de nuevo por el contraste entre su frágil aspecto y el temperamento de acero que se adivinaba en ella. Lo mismo le había ocurrido diez años antes al verla en el despacho del director del internado, negándose a explicar su comportamiento. Por su culpa, su hermana había sido expulsada de uno de los mejores colegios del país. En consecuencia, Damon había prohibido a Arianna volver a ver a Polly Prince. Fue entonces cuando entendió cómo pensaban las adolescentes. Su hermana pequeña se reveló y empezó a pasar más tiempo con la familia Prince, cosa que provocó un gran número de discusiones en el hogar de los Doukakis.

–Arianna es una mujer muy rica. Eso la convierte en el objetivo de individuos sin escrúpulos.

–No soy una experta en relaciones, señor Doukakis, pero sé que mi padre no está con Arianna por su dinero.

–¿De veras cree eso? Entonces no conoce los problemas que tiene esta compañía.

–¿Se le ha pasado por la cabeza que puede estar con ella porque lo pasan bien juntos?

Aquella idea lo hizo enfadarse aún más.

–Bueno no creo que dure mucho más –dijo tratando de controlarse–. ¿Cómo demonios puede estar tan tranquila? Debería darle vergüenza. ¿Cuántos años tiene su padre? ¿Cincuenta?

–Cincuenta y cuatro.

–¿Y a usted no le avergüenza ver su nombre ligado a una ristra de jovencitas? Es treinta años mayor que Arianna. Y se ha divorciado cuatro veces. Eso demuestra su personalidad inestable.

–O un gran optimismo, señor Doukakis. Mi padre sigue creyendo en el amor y en el matrimonio.

Si no hubieran estado hablando de su hermana, Damon se habría reído. El modo en que defendía a su padre hizo que su opinión de ella empeorara.

–Para eso no hace falta casarse una y otra vez, señorita Prince. Cuando salga de aquí, voy a mandar un comunicado a la prensa. Dentro de unas horas, la noticia de que me he hecho con esta compañía estará en Internet. Una vez se entere, su padre aparecerá. Cuando eso ocurra, quiero saberlo. Y quiero saberlo enseguida.

–A mi padre no le gusta Internet. Dice que interfiere en el desarrollo de las relaciones personales.

–Las malas noticias vuelan y ambos sabemos que soy la última persona a la que le gustaría ver al mando de su compañía.

–Estoy de acuerdo, no le agradará. Le considera un hombre cuyo único objetivo es aprovecharse. No le gusta la gente que juzga las cosas en términos económicos. No es así como lleva su vida ni como conduce sus negocios. Para mi padre, un negocio exitoso tiene más que ver con las personas que con los beneficios.

–Me di cuenta de eso al ver las cuentas de la compañía. La agencia de publicidad Prince se mantiene a flote por casualidad y por el éxito accidental de unas cuantas campañas –replicó Damon y se dio cuenta de que Polly había fruncido el ceño–. La compañía tiene beneficios a pesar de cómo la dirige su padre. Y respecto al personal... Es necesario hacer algunos recortes. Hay un montón de inútiles.

–No se atreva a llamarlos inútiles. Todo el mundo aquí juega un papel importante –dijo con voz temblorosa–. Su lucha es con mi padre, no con la gente inocente que trabaja en esta empresa. No puede despedirlos, no estaría bien.

–Primera regla en los negocios: nunca dejes que el contrario sepa lo que piensas. Es una manera de darle ventaja.

–Ya lleva ventaja, señor Doukakis. Ha comprado la compañía de mi padre. No me da miedo decirle lo que pienso y lo que pienso es que es tan despiadado y frío como dicen.

Sus ojos brillaban y Damon se preguntó si debería decirle que era peligroso demostrar sus emociones. Pero enseguida reparó en lo hipócrita que sería ese comentario puesto que sus emociones también eran evidentes.

Llevado por un impulso incomprensible, Damon la tomó por la barbilla y la obligó a mirarlo.

–Tiene razón, soy tan despiadado como dicen. Será mejor que no lo olvide. Y las lágrimas me molestan, señorita Prince.

–No estoy llorando.

Pero estaba a punto de hacerlo. Reconocía los indicios y veía el temblor de su barbilla. Tenía la misma edad que Arianna, pero ahí era donde terminaba todo parecido. Por un instante, se preguntó cómo habría sido su vida. Era la hija única de un conocido playboy.

–No me he quedado con nada más que lo que me ofrecían los miembros del consejo de administración.

–Les hizo una oferta que no podían rechazar.

Su acusación casi lo hizo sonreír.

–Soy griego, no siciliano. Y la gente que trabaja para mí, nunca me traicionaría por muy buena que fuera la oferta.

Damon adivinó un brillo especial en sus ojos justo en el momento en que apartaba la mirada.

–Todo el mundo tiene un precio, señor Doukakis.

–Me temo que tengo que rechazar su oferta. En lo que se refiere a compañeras de cama, soy tremendamente exigente.

Por unos segundos se quedó mirándolo.

–Hablaba de negocios.

Damon fijó la mirada en sus labios.

–Por supuesto.

–No sea tan ofensivo. ¿Ha terminado ya?

–¿Terminado? Si ni siquiera he empezado –dijo Damon levantando la vista a sus ojos.

La química entre ellos era innegable, pero no le preocupaba. En lo que a mujeres se refería, tomaba las decisiones basándose en la lógica y no en la libido. No le gustaba perder el tiempo con gente incapaz de controlar sus impulsos cuando el deseo surgía.

–De momento la plantilla tiene trabajo. Que sigan teniéndolo o no es decisión de su padre y suya. La espero en mi despacho a las dos de la tarde. Va a empezar a trabajar. Y no pierda el tiempo apelando a mis sentimientos, señorita Prince. Nunca dejo que mis sentimientos afecten la toma de decisiones.

–¿De veras?

Aquellos ojos azules se clavaron en él y vio en ellos el mismo fuego y decisión que había visto aquel día en el internado.

–Es interesante porque diría que la decisión que ha

tomado en este instante ha sido condicionada por sentimientos. Está usando la compra de la empresa como una provocación hacia mi padre. Si ésa no es una decisión sentimental, entonces no sé qué es. Y ahora, si me disculpa, tengo que organizar al personal para la mudanza. Si quiere trasladar a esta panda de inútiles a sus oficinas esta misma tarde, será mejor que esta vaga se ponga en marcha.

Se dirigió hacia la puerta haciendo sonar los tacones de sus botas en el suelo. Al caminar, su vestido resaltó su cuerpo.

Damon apartó la mirada de la seductora curva de su trasero y borró la idea de tomarla allí mismo, sobre la mesa de la sala de juntas.

–Y vístase de otra manera. Con esas medias rosas parece un flamenco. Me gusta que la gente que trabaja para mí tenga aspecto profesional.

–Así que no le gusta lo que hago ni mi aspecto –dijo de espaldas a él, quedándose donde estaba–. ¿Algo más?

Damon se preguntó si le daba la espalda a modo de desafío o porque estaba a punto de llorar.

Había algo raro en la postura de sus estrechos y débiles hombros, pero Damon no sintió compasión. Si de veras le preocupaba el personal, el negocio no estaría en el estado que estaba. Por culpa de aquella mujer y de su padre, Prince Advertising estaba en un estado lamentable y cien personas corrían el riesgo de perder su trabajo. Cien familias corrían el riesgo de que sus vidas se vieran afectadas. Se estremeció al imaginarse ese escenario.

–Quiero que mi equipo tenga las contraseñas de los sistemas para que tengamos acceso a todo. Si voy a desenmarañar este desastre, quiero saber a qué me enfrento. Eso es todo. Puede irse.

Podía haberle dicho que él consideraba los despidos como fracasos. Podía haberle dicho que entendía sus responsabilidades como jefe mejor que nadie y que dirigía los negocios según sus estrictos principios. Le podía haber contado todo eso, pero no lo hizo.

Ella había contribuido a aquel desastre vergonzoso. Tenía que dejar que sufriera.

–Voy a matarlo. Voy a tomarlo por el cuello y a apretar hasta que no pueda decir palabra –dijo Polly hundiendo la cabeza entre las manos–. ¿Qué ven las mujeres en él? No puedo imaginarme a nadie que voluntariamente quiera pasar un solo minuto con él. Es un monstruo sexista y sin corazón.

Pero eso no la había detenido para sentirse atraída por él durante todo el tiempo que había durado su confrontación. Había una tensión sexual entre ellos que la incomodaba. ¿Cómo podía encontrarlo atractivo?

–No sé si es un monstruo, pero es muy guapo –dijo Debbie dejando unas cajas vacías en el suelo–. Al menos, seguimos teniendo trabajo. Asumámoslo, las cifras son tan malas que podía habernos echado a todos y nadie podría haberlo culpado.

Polly levantó la cabeza, consciente de que eso era verdad, y se quedó mirando a su amiga.

–Confía en mí, eso habría sido la mejor opción.

–No lo dices en serio.

–No lo sé, pero estoy segura de que no quiero trabajar para ese hombre.

Se sentía exhausta y estresada y trató de borrar las imágenes de su frío y atractivo rostro.

«Frío y sin sentido del humor», se recordó.

–No voy a durar ni una semana. La única duda es si me matará antes de que yo lo mate a él.

–¡No puedes marcharte! El futuro del personal depende de que te quedes.

–¿Cómo sabes eso?

–Estábamos escuchando detrás de la puerta.

–¿No te da vergüenza? –dijo Polly, dejándose caer en una silla.

–Esto es una crisis. Teníamos que saber si había que llamar a la oficina de empleo.

–Llama de todas formas. No querrás trabajar para él por mucho tiempo.

Dispuesta a ponerse en marcha, Polly abrió el cajón de su mesa y se quedó mirando todas sus cosas.

–Necesito medias diferentes. El rosa fuerte no es su color favorito. No puedo creer que esté dispuesta a cambiar mi forma de vestir porque un hombre me lo haya pedido. Debería haberle dicho lo que podía hacer con su código de vestir, pero ya me he enfrentado a él más de lo que debería.

–¿No le han gustado las medias? –preguntó Debbie, arqueando las cejas–. ¿Le dijiste que te las habías puesto porque...

–¿Decirle? –dijo Polly revolviendo en el cajón–. Nadie puede decirle nada a Damon Doukakis. Todos se limitan a escuchar sus órdenes. Esto es una dictadura, no una democracia. ¿Cómo demonios consigue que no se le vayan los empleados?

–Paga bien y es muy guapo –dijo Debbie guardando libros en las cajas–. Tranquilízate. Sé que estás enfadada, pero mira el lado positivo: ha echado al consejo. Y estuviste brillante.

–Perdí el temperamento con Michael.

–Lo sé, estuviste increíble. Que se aguante ese cerdo

sexista. Se acabó mirarnos las faldas y prepararle café cuando todos estábamos haciendo el trabajo que ese vago no hacía. Nos hemos puesto todos muy contentos.

–No hay nada de qué alegrarse. Damon Doukakis es un maniático del control con serios problemas de carácter.

–Siendo tan guapo, yo se lo perdonaría.

–No me interesa su aspecto.

–Pues debería interesarte. Eres joven y estás disponible. Sé que te asusta el matrimonio por culpa de tu padre, pero Damon Doukakis es muy sexy.

–¡Debbie!

–Oh, relájate. Llevas muy nerviosa toda la semana. Es malo para la tensión.

Polly volvió a concentrarse en su cajón.

–No tengo ningún par de aburridas medias negras.

–Ponte unas mallas. Toma una caja y empieza a empaquetar.

Tomó la caja y se obligó a respirar hondo. Aunque había crecido sabiendo que el amor y el sexo eran dos cosas diferentes, la tensión sexual entre Damon y ella la horrorizaba.

–Dejando a un lado el hecho de que no podría sentirme atraída por un hombre que nunca sonríe, no podría acostarme con alguien que está a punto de echar a un montón de gente inocente. Eso demuestra que no tiene una personalidad compasiva.

–No puedes esperar que sonría cuando acaba de comprar una compañía tan rara como la nuestra –dijo Debbie cerrando una caja que ya tenía llena–. La mayoría de la gente no entiende nuestra forma de trabajar. A mí me gusta, pero no somos convencionales, ¿no te parece? Nada de lo que hace tu padre es convencional.

–No me lo recuerdes.

–Relájate. Cuando tu padre aparezca de donde quiera que esté esta vez, la compañía seguirá intacta aunque pertenezca a otra persona. Si Damon estuviera pensando en despedir a todo el mundo inmediatamente, no habría hecho que todo un ejército de mudanzas se estuviera ocupando de trasladarnos al mundo Doukakis –dijo Debbie levantando una planta–. Estoy emocionada. Siempre he querido conocer ese edificio. Tengo entendido que hay una fuente en el vestíbulo. A las plantas les va a encantar. Y a los peces también. El sonido del agua es muy relajante. Le tienen que preocupar sus empleados para ponerles algo tan agradable como una fuente.

–Probablemente sea para que los empleados desesperados puedan ahogarse allí sin tener que salir del edificio.

Polly se acercó al tablón de anuncios que tenía en la pared y empezó a quitar fotografías.

–Siempre has dicho que todo el mundo tiene un lado sensible.

–Bueno, me equivocaba. Damon Doukakis es de piedra. Hay más sensibilidad en una armadura.

–Es un hombre muy exitoso.

Polly se quedó mirando una foto de su padre en una fiesta de Navidad, con una copa en una mano y una rubia de contabilidad a su lado.

–¿De qué lado estás?

–Polly, lo cierto es que estoy del lado de la persona que me pague el sueldo. Siento si eso me convierte en una chaquetera, pero es lo que pasa cuando tienes quien dependa de ti. Tener principios está muy bien, pero no puedes comértelos y tengo dos gatos a los que alimentar. Ten cuidado con esas fotos –dijo Debbie mirando a Polly y suspiró nostálgica–. Ésa fue una noche divertida. El señor Foster bebió demasiado. Desde aquella fiesta es más amable conmigo.

–Es un hombre encantador, pero no es muy buen contable. No durará ni cinco minutos si Damon Doukakis decide comprobar lo que hace –dijo Polly guardando las fotos en un sobre–. Estoy segura de que el departamento financiero es tan quisquilloso como el jefe. No creo que se impresionen cuando lo vean usar el lápiz y la calculadora. Le destrozará perder el trabajo.

–Quizá no. Le has estado enseñando a usar las hojas de cálculo.

–Sí, pero va despacio. Todas las mañanas tengo que recordarle lo del día anterior. Confiaba en que pudiéramos salvarlo de la inquisición y que nadie se enterara de lo que hace, pero va a ser difícil. Estoy segura de que Doukakis se entera de todo. Debbie, no podemos darle motivos para que despida a nadie. Todo el mundo tiene que demostrar lo que vale y, si no pueden, tenemos que cubrirlos.

–Imagino que no es un buen momento para decirte que la canguro de Kim está enferma. Ha traído al bebé a la oficina porque es lo que siempre hace, pero... Imagino que Damon no tendrá sitio para bebés.

Consciente de todo el trabajo que tenía por delante, Polly vació el contenido de un cajón en una caja sin ni siquiera revisarlo.

–Dile a Kim que se vaya a casa y que trabaje desde allí, pero que encuentre a alguien para que se quede con el bebé mañana.

–¿Y si no puede?

–La meteremos en un despacho y que se esconda allí. Supongo que es una tontería preguntar si mi padre ha llamado, ¿verdad? ¿Has llamado a los hoteles que te dije?

–A todos. Nada.

–No me extrañaría que hubiera comprado el silencio de algún director de hotel –dijo Polly metiendo las fotos en una caja–. Tenemos que guardar todo esto. La gente de Doukakis llegará en cualquier momento para ayudarnos con la mudanza.

–La compra está en los titulares de la BBC. Tu padre se ha debido de enterar ya.

Polly se tomó un par de analgésicos con un vaso de agua.

–No creo que esté viendo la televisión.

–¿Tienes idea de con quién está esta vez?

«Sí».

Su padre estaba con Arianna, una joven que podía ser su hija. Sintió un escalofrío al imaginar la reacción de todos si se enteraban. Al igual que Damon Doukakis, Polly no deseaba compartir esa información con nadie. Por una vez en su vida, ¿no podía haber elegido su padre a alguien de su edad?

–Intento no pensar en la vida amorosa de mi padre –dijo cerrando la tapa de una caja–. No sé cómo vamos a trasladar todo en unas horas. Estoy agotada. Estoy deseando irme a la cama y recuperar unas horas de sueño.

–Pues vete a dormir. Ya sabes lo mucho que a tu padre le gusta la flexibilidad. Siempre dice que, si los empleados no quieren estar aquí, no tiene sentido obligarlos a quedarse.

–Por desgracia, Damon Doukakis no es así. Además, quiere verme en su despacho dentro de dos horas.

–¿Para qué? –preguntó Debbie abriendo los ojos como platos.

–Quiere que empiece a ganarme el dinero trabajando.

Debbie se quedó mirándola unos segundos, antes de romper en carcajadas.

–Lo siento, pero me resulta muy divertido. ¿Le contaste la verdad?

–¿Qué sentido tiene? Nunca me creería. Además, se ha propuesto convertir mi vida en un infierno –dijo cerrando con adhesivo la caja–. Y de momento, lo está consiguiendo.

Debbie tomó un montón de folletos de universidades.

–¿Qué quieres que haga con esto?

Polly se quedó pensativa. Si Damon Doukakis los encontraba en su mesa, se reiría de ella.

–Tíralos. No debería haberlos solicitado.

–Pero siempre has dicho que lo que más querías era...

–He dicho que los tires. Era un sueño estúpido.

Una locura.

Absorta, se quedó mirando cómo sus esperanzas y sus sueños desaparecían con aquellos papeles.

Cinco horas más tarde, después de supervisar que se recogiera todo lo del edificio y que los autobuses llevaran a los empleados a las nuevas oficinas, Polly entró en el vestíbulo del edificio Doukakis. En el centro estaba la fuente, un monumento al éxito de la compañía, hecha de cristal y mármol. Cegada por aquella perfección arquitectónica, Polly entendió por qué era uno de los edificios más emblemáticos de Londres.

Una atractiva recepcionista le indicó el piso al que tenía que dirigirse. De camino al ascensor de cristal, oyó la alegre voz de la recepcionista contestando el teléfono.

–Compañía DMG, le habla Freya, ¿en qué puedo ayudarle?

«No puede, nadie puede ayudarme», pensó Polly.

Allí donde mirara había muestras del éxito de Doukakis.

Acostumbrada a ver un muro desde la ventana de su
despacho, se sorprendió al ver las vistas desde el ascensor. A través del cristal se veía el río Támesis y a su derecha la famosa noria London Eye y más allá el Parla-
mento. Era un ascensor tan impactante como el resto
del edificio. Damon Doukakis podía ser despiadado,
pensó, pero tenía un gusto excepcional.

Deprimida por la diferencia entre sus logros, Polly
dio la espalda a la vista e intentó no pensar qué se sentiría al trabajar para una compañía como aquélla. Seguramente, todos sus empleados tuvieran un título univer-
sitario, pensó nerviosa.

Con razón no le había impresionado.

Se quedó mirando su imagen en uno de los espejos
que enmarcaban la puerta del ascensor y se preguntó
cómo podía demostrarle que sabía lo que estaba haciendo.

Iba a trabajar para el jefe más exigente de la ciudad
de Londres. Seguía sin saber por qué no la había despedido junto a los miembros del consejo. Quizá porque
la viera como el único enlace con su padre. O tal vez
para torturarla.

Una vez olvidada la impresión de ver a los consejeros abandonar el edificio, los empleados habían cele-
brado que seguían manteniendo sus empleos. Ni siquiera la idea de mudarse a nuevas oficinas parecía
molestar a la gente. Todo el mundo estaba muy contento con la mudanza.

La única persona que no estaba contenta era Polly.
No sabía mucho de Damon Doukakis, pero estaba segura de que no hacía favores a nadie. Iba a mantener a
los empleados por alguna razón, no por amabilidad.

Cuando quisiera, los echaría, a menos que pudiera convencerlo de que merecía la pena dejarlos.

No había dejado de hacer cosas aquella mañana. Había estado hablando por teléfono con clientes mientras empaquetaba y supervisaba la mudanza. En mitad de aquel caos se había roto las medias y se las había cambiado por unas negras. Era su primera y única concesión al estricto código de vestimenta de Doukakis. En aquel momento se preguntó si debería haber evitado cualquier conflicto y haberse puesto un traje de chaqueta. Se pellizcó las mejillas para sacarse los colores e ignoró el nudo de su estómago.

Odiaba los primeros días. Le hacían acordarse de su época de colegiala. Recordaba la humillación de que su padre la llevara al colegio en un coche llamativo, con su última y joven esposa sentada en el asiento delantero.

Se miró al espejo. Si algo había aprendido en aquella época, era a sobrevivir. Pasara lo que pasase, no iba a permitir que Damon Doukakis cerrara la empresa. Al menos, no sin luchar.

Tenía que impresionarlo como fuera.

Se preguntó cómo podría impresionar a alguien como Damon Doukakis y apretó el botón de la planta ejecutiva. A punto de cerrarse las puertas del ascensor una mano enguantada obligó a que volvieran a abrirse.

La esperanza de tener dos minutos de paz se desvaneció y Polly se fue a un rincón mientras un hombre vestido con un mono de cuero para motos entraba en el ascensor. Miró de soslayo y por la anchura de los hombros reconoció a Damon Doukakis.

Sus miradas se encontraron y deseó salir y usar las escaleras. La temperatura en aquel lugar diminuto subió. No hacía falta que dijera nada. Incluso su porte resultaba intimidatorio. Polly arqueó una ceja. Se sentía intimidada porque estaba tan guapo con aquel mono como con traje.

–Pensé que teníamos que llevar trajes.

–He tenido una reunión al otro lado de la ciudad y he ido en moto.

–¿Así que no se pone ese mono para castigar a sus empleados?

La mirada que le lanzó fue una amenaza a la vez que un aviso.

–Cuando empiece a castigar a mis empleados, será la primera en enterarse porque encabezará la lista. Si hubiera tenido disciplina con catorce años, su vida no se habría convertido en un desastre. Evidentemente, su padre nunca le dijo que no.

Polly no le dijo que su padre se había desentendido de su responsabilidad como padre desde el principio.

–Le costó trabajo controlarme.

–Bueno, a mí no –dijo y de un vistazo, la miró de arriba abajo–. Le agradezco que haya sido puntual y que se haya cambiado esas medias fluorescentes.

Por alguna razón, su comentario le produjo un nudo en la garganta. Tenía callos en las manos por cargar con cajas pesadas, le dolían los pies y la espalda, y llevaba cuatro noches sin dormir en una cama. Su teléfono no había dejado de sonar. Durante toda la mañana, los clientes no habían dejado de llamarla, pero ahora que quería sorprender a Damon y demostrarle lo buena que era, su teléfono permanecía en silencio.

No tenía sentido darle explicaciones. Se había hecho una opinión de ella basada en el episodio de su adolescencia y en el estado de la compañía de su padre. Por ella habían expulsado a Arianna del internado. No le sorprendía que tuviera tan mala opinión de ella. Lo que le sorprendía era lo mucho que le importaba. No debería preocuparse por lo que pensara de ella. Lo único que debía importarle eran los empleos de la gente inocente que trabajaba para su padre.

–Los titulares de las noticias de la una han sido muy agresivos. Se han referido a usted como el sicario.

–Bien, quizá eso haga que su padre deje de esconderse –dijo sonriendo levemente y apretando el botón del ascensor para que subiera.

Aturdida por su boca, Polly sintió un nudo en el estómago. Sus rasgos eran muy viriles, desde su estructura ósea hasta la sombra de la barba en sus mejillas.

–Mi padre no se está escondiendo.

–Señorita Prince, a menos que quiera conocer de primera mano mi temperamento en un sitio reducido, le sugiero que no me obligue a pensar en lo que estará haciendo su padre en este momento.

Polly dio un paso atrás.

–Lo que digo es que no se está escondiendo, eso es todo. Mi padre no es un cobarde.

A sus pies, Londres se hizo cada vez más pequeño, como si se tratara de una ciudad de juguete. Por el contrario, la tensión en el interior de la cápsula aumentó.

–Ha permitido que su empresa se fuera a pique en vez de dedicarse a tomar decisiones. Tenía que haber hecho algunos recortes, pero prefirió no hacerlos. Si eso no es cobardía, no sé cómo llamarlo.

–No debería hacer juicios de cosas que no conoce.

–Dirijo una compañía multinacional. Tomo decisiones difíciles todos los días.

Su innata superioridad la cargaba tanto como el hecho de que tuviera razón. Su padre debería haber tomado algunas decisiones. Pero el hecho de que Damon Doukakis lo hubiera sacado a colación, hacía que fuera más duro de asumir.

–Estoy segura de que se siente más poderoso despidiendo a gente.

Pasó tan deprisa que no lo vio venir. Estaba mirando la vista aérea de Londres y al segundo siguiente tenía frente a ella unos hombros anchos y un par de ojos enfurecidos.

–Nunca antes me he tenido que contener frente a una mujer, pero con usted... –dijo Damon respirando con agitación, tratando de controlar sus emociones–. Es capaz de provocar a un santo. Créame cuando le digo que no le gustaría ver una demostración de mi poder.

Polly se quedó mirándolo fascinada y se preguntó por qué todo el mundo pensaba que era estupendo. Era el hombre más volátil que había conocido. Olía muy bien y deseó que se apartara de ella antes de que sucumbiera y hundiera el rostro en su cuello.

–A lo que me refería era a que parece disfrutar estando al mando y haciendo que se hagan las cosas a su manera. Estamos acostumbrados a trabajar en un ambiente más relajado. Sinceramente, no sé cómo nos irá trabajando en un ambiente de terror.

–Ese ambiente relajado ha llevado a la compañía al borde de la quiebra. Si hay que hacer algunos despidos, su padre y usted serán los responsables.

Polly sintió una perversa sensación de satisfacción al verlo tan enfadado. Quería que él también sufriera, no sólo por haberle hecho pasar la peor semana de su vida, sino porque tenía la desesperada necesidad de unir su boca a la de él.

–Es evidente que no está contento con incluirnos en su grupo empresarial.

La soltó tan rápido como la había atrapado y dio un paso atrás dejando escapar una exclamación en griego.

–De alguna manera, la prensa ha adivinado que su

padre y mi hermana están juntos –dijo él bajándose la cremallera de la chaqueta–. A menos que le guste ser objetivo de los cotilleos, le sugiero que no hable con ellos. Le he dado instrucciones a mi gente para que emita un comunicado sobre la compra, concentrándose en los objetivos de la compañía. Estoy intentando destacar el hecho de que su empresa encaja en mis negocios.

–Quiere decir que no quiere admitir en público que es un megalómano que compró la empresa para asustar al hombre que tiene una relación con su hermana.

Pero estaba horrorizada al saber que la prensa conocía la historia. No tardarían en indagar en motivos y no quería ni pensar en lo que eso significaría. Ya había pasado por eso antes. Todo el mundo le preguntaría qué se sentía al tener una madrastra de su misma edad. Todo el mundo se mofaría de las ridículas historias de su padre.

–Deje que le dé un consejo, señorita Prince –dijo y su mirada se tornó oscura al mirarla–. Trate de potenciar su lado más femenino y ¿quién sabe? Quizá encuentre un novio. Puede que incluso sea un empresario y le deje jugar con su compañía.

Polly se quedó tan sorprendida que no pudo hablar. No sabía qué le afectaba más, si el hecho de que la considerara una inútil, que le preguntara tan abiertamente por su vida sexual o su curiosidad por saber cómo besaba.

–Nunca estaría interesada en un hombre que no pudiera enfrentarse a una mujer fuerte.

–Hay mujeres fuertes y mujeres estridentes, lo que explica por qué sigue soltera.

Polly fijó la mirada en las calles que tenían a sus pies.

«Esto va bien. Si sigue haciendo esos comentarios, lo único que voy a querer hacerle es matarlo».

–Si las puertas pudieran abrirse, lo empujaría fuera.

Él rió sin humor.

–Si supiera que íbamos a trabajar juntos durante mucho tiempo, saltaría.

A punto de estallar, Polly no tuvo que pensar ninguna respuesta a su comentario. En aquel instante, las puertas del ascensor se abrieron a un espacio muy iluminado. Damon le cedió el paso y se vio en mitad de una oficina como ninguna otra que hubiera visto antes.

Atónita, se olvidó de la acalorada conversación que habían mantenido. Se quedó parada y se limitó a observar.

A pesar de todo lo que había oído y leído de Damon Doukakis, no estaba preparada para el efecto de la sede de la compañía Doukakis. Se fijó en los escritorios, todos ellos con un videoteléfono, un ordenador portátil y una impresora. La mayoría de los puestos estaban ocupados y nadie levantó la cabeza de lo que estaba haciendo.

–¿Dónde están sus cosas? ¿Dónde guardan libros, revistas, sus fotos, sus cosas personales? Todo es muy espartano.

–Los empleados no tiene un sitio fijo. Llegan y se sientan donde quieren. El espacio de oficinas es el activo más caro que tenemos y la mayoría de las oficinas sólo usan el cincuenta por ciento de su capacidad en un momento dado. Los diez primeros pisos de este edificio están alquilados. Es una manera muy rentable de maximizar el espacio.

–¿Así que no tienen mesa propia? Eso es horrible –dijo Polly imaginándose a sus compañeros en aquel ambiente–. ¿Qué pasa si alguien quiere poner una foto de su hijo?

–Cuando están en el trabajo, tienen que estar trabajando.

Damon Doukakis le enseñó la planta, deteniéndose de vez en cuando para hablar con alguien.

Polly se fijó en los rostros de la gente y se preguntó qué se sentiría al trabajar en un ambiente tan frío. A excepción de las vistas, no había nada que hiciera aquella oficina un lugar acogedor.

–No hay nada personal por ninguna parte.

–La gente viene aquí a hacer un trabajo. Tiene todo lo necesario para hacerlo. La gente que trabaja para mí es flexible. La tecnología permite mayor movilidad. Los desplazamientos son caros y consumen mucho tiempo. Prefiero que mi gente trabaje dos horas extra a que pierdan esas horas en mitad del tráfico. Algunas personas tienen horarios flexibles: empiezan y acaban tarde. Se sientan en la mesa cuando otro se marcha. Si tienen que salir a una reunión, otra persona puede usar la mesa. Ésta es una oficina pensada para el futuro.

Excepto que Damon Doukakis había traído el futuro al presente.

Polly se acordó del despacho que acababa de dejar. Sus paredes habían estado cubiertas por fotocopias enmarcadas de sus campañas publicitarias y fotos de fiestas. En su mesa siempre había tenido objetos para animarla y sacarle una sonrisa. Además, también había tenido a Romeo y Julieta.

En las oficinas en las que estaba no había paredes de las que colgar fotografías. Allí donde mirara, sólo había cristal y un silencio sepulcral.

–¿Va a ser ésta nuestra planta?

–No, le estoy enseñando un ejemplo de eficiencia. Eche un buen vistazo a su alrededor, señorita Prince. Éste es el aspecto de una compañía exitosa. Para usted, seguramente parezca un planeta extraterrestre –dijo y sonrió con ironía–. Para no interferir en las otras operaciones, he asignado un piso diferente para su empresa.

Sin esperar que dijera nada, abrió una puerta y bajó los escalones de dos en dos. Polly le sacó la lengua a sus espaldas y lo siguió, envidiando su buena forma. Atravesaron otra puerta y se encontró en otra planta, rodeada de cristal.

Todas las cajas de las antiguas oficinas estaban allí y los empleados de Prince Advertising estaban hablando y riendo mientras desempaquetaban las cosas. Se les veía optimistas y emocionados. No sabían lo frágil que era su futuro.

–Esto es suyo –dijo Damon haciendo un gesto con la mano–. Hay salas de reuniones allí, desde las que se puede hablar por teléfono cuando necesiten privacidad.

Al terminar de hablar, las puertas del ascensor se abrieron y Polly vio a Debbie y a Jen salir cargadas de cajas. Al ver las vistas, se quedaron tan sorprendidas que dejaron las cajas en el suelo.

–Esto es lo último. Ya podemos empezar a instalarnos. Tardaremos poco en sentirnos como en casa –dijo Debbie–. ¿Dónde está la tetera?

Polly reparó en la expresión de Damon Doukakis y se dio cuenta de que del único modo en que iba a poder preservar empleos era manteniendo a todo el mundo lo más lejos posible del jefe. Tenía que protegerlos.

–Señor Doukakis, no he tenido oportunidad de enviarle la presentación. Se la he copiado en este lápiz de memoria para que lo abra en su ordenador. Debbie, si pudieras ocuparte de desempaquetar las cajas, sería estupendo.

–Por supuesto. Tengo que ver a qué plantas les viene bien la luz porque hay mucha luz en este edificio.

–Haz lo que tengas que hacer –dijo y se giró hacia Damon–. Quizá deberíamos mantener esa reunión en su despacho porque va a haber muchas distracciones en esta planta.

Polly quería distraer a su nuevo jefe. La razón por la que los empleados no parecían darse cuenta del peligro que corrían era por el mucho tiempo que llevaban trabajando para su padre.

–A usted parece gustarle trabajar entre distracciones. ¿Son ésos los peces? –preguntó al ver a Debbie con la caja de la pecera.

–Nos ha avisado de la mudanza con pocas horas de antelación. Enseguida instalaremos la pecera y nadie se enterará de que están aquí.

–¿Pecera?

–Usted fue el que insistió en que toda la empresa se mudara aquí. Los peces también forman parte de la empresa.

–¿Ha traído a los peces?

–Mírelo así. No van a molestar a nadie y no tendrá que pagarles.

Su intento por aplacar la situación fracasó. Damon Doukakis no sonrió. Se quedó mirándola y la habitación se quedó en silencio. Todos los ojos estaban puestos en ella.

El ambiente pasó de festivo a consternado. Polly sintió su mirada de desaprobación.

–A mi oficina ahora mismo –gruñó.

Capítulo 3

OCÚPATE de mis llamadas, Janey.

Damon dejó su teléfono móvil en la mesa de su secretaria y entró en su despacho, seguido de Polly.

En cuanto oyó que la puerta se cerraba, se giró dispuesto a comentar la actitud poco profesional del personal, pero al verla en mitad de su enorme despacho, fue incapaz de hablar. No había visto a nadie con un aspecto tan cansado y derrotado en su vida.

Fuera lo que fuese que estaba pasando, era evidente que Polly Prince había pasado una semana muy dura. No debía de ser fácil ver cómo su vida se le iba de las manos. Unos cuantos mechones de su pelo rubio habían escapado del recogido, tenía ojeras bajo sus ojos violetas y sus mejillas estaban tan pálidas como su camisa blanca. Allí, en mitad de su espacioso despacho, le recordaba a una gacela que hubiera perdido a su manada.

—¿Qué? —preguntó mirándolo sorprendida—. ¿Podría dejar de mirar a todo el mundo con ese gesto hostil? Da miedo trabajar aquí.

—Nos gusta hacer encuestas. Si alguien se siente amenazado, tiene la oportunidad de decirlo.

—A menos que teman decirlo. Mire, sé que piensa que soy un auténtico desastre y de hecho... —dijo y se apartó el pelo de la cara—. No le culpo, pero algunas cosas no son lo que parecen. Quizá crea que somos un caos, pero trabajamos bien en un ambiente informal y relajado. Eso nos ayuda a ser creativos.

Su voz dejaba patente su cansancio, como si el esfuerzo de mantener aquella actitud fuera demasiado.

—Si es su manera de preguntar si puede quedarse con los peces, la respuesta es no. No permito mascotas en mis oficinas.

—Romeo y Julieta no son exactamente mascotas. Son parte del personal. Animan a la gente y la motivación es muy importante. Le estoy pidiendo que no sea tan rígido. Le sorprendería lo poco que cuesta disfrutar.

—Lo que pienso es que el modo en que hace negocios es descuidado y poco profesional.

Lo irónico era que no estaba interesado en el negocio. Se había hecho con el control en un intento desesperado de conseguir que Peter Prince dejara de esconderse. Por desgracia, no había funcionado.

El hecho de que Arianna no lo hubiera llamado, añadía dolor y ansiedad a su ira. Siempre lo había acusado de ser excesivamente protector, y quizá lo fuera, pero quería evitar que sufriera.

La idea de tener que ocuparse de una Arianna con el corazón roto le estremecía. En una ocasión había tenido que consolarla y no quería tener que volver a hacerlo. No quería volver a ver a su hermana tan triste.

Polly lo miró con el ceño fruncido.

—Mire, deme una oportunidad —dijo con una nota de desesperación en su voz—. Ahora que ha echado al consejo, sé que puedo mejorar esta compañía.

—¿Usted?

Aquel comentario lo distrajo de los pensamientos sobre su hermana.

—Sí, yo. Al menos, déjeme intentarlo.

Por primera vez desde que llegara a las oficinas de Prince Advertising, Damon sintió ganas de reír.

–¿Quiere que le dé rienda suelta para seguir haciendo lo que ha estado haciendo?

–Entiendo que no me crea, pero sé lo que hace falta para que esta empresa triunfe.

–Necesita tener al mando a alguien que no tenga miedo de tomar decisiones difíciles. Los peces no pueden quedarse. No dirijo un acuario. Lo único que necesita para hacer su trabajo es un ordenador y una conexión a Internet. Estoy seguro de que ha oído hablar de ambos, ¿verdad?

Tenía que admitir que estaba sorprendido por cómo defendía a la plantilla. Estaba muy interesada en que no perdieran su trabajo. Seguramente habría caído en la cuenta de que, si la compañía fracasaba, se quedaría sin trabajo y sin herencia.

Polly se acercó y dejó un lápiz de memoria en su mesa. Estaba tan pálida que parecía a punto de desmayarse.

–El fichero que quiere está aquí. Eche un vistazo a los números. El noventa por ciento de los gastos lo causaba el uno por ciento de la plantilla. Ha echado a ese uno por ciento. Esa gente tenía los salarios más altos, pero apenas contribuían con su trabajo. Acaba de hacer un gran ahorro en los costes operativos.

Damon se distrajo con la tentadora curva de su labio inferior.

–Me sorprende que sepa lo que es un coste operativo.

–Por favor, abra el fichero.

Damon metió el lápiz de memoria en el ordenador y abrió el documento.

–¿Tengo que leer el cuento desde el principio?

–No es un cuento. Verá que en los últimos tres meses, hemos conseguido seis campañas nuevas. Una de ellas se la arrebatamos a su agencia de publicidad. El cliente nos dijo que era la campaña más creativa y original que había visto.

–La originalidad y la creatividad no llevan a una compañía a la quiebra.

–No, pero los gastos elevados sí y la mala gestión también. Y hemos sufrido ambos.

–Su padre estaba al mando. ¿Quién es el culpable?

–Buscar culpables es una pérdida de tiempo. Le estoy pidiendo que nos ayude a avanzar. Sé que se le da bien lo que hace, pero a nosotros también. Juntos podemos ser muy buenos. Estaré abajo ayudando a los empleados a desembalar las cajas por si quiere hablar de esto. Empiece mirando estos números –dijo inclinándose sobre su mesa y apretando un botón del teclado.

Un mechón de pelo se le vino a la mejilla y Damon se lo apartó a la vez que ella hacía lo mismo. Sus dedos se rozaron. Sonrojándose, Polly se apartó, tan incómoda como él por el roce.

–No necesita mi ayuda con esto. Todas las explicaciones están ahí.

–¿Es eso...?

Entrecerró los ojos y se fijó en sus uñas, pero ella escondió rápidamente las manos en su espalda.

–Eche un vistazo a la presentación.

–Enséñeme las manos. ¿Tiene una calavera y unos huesos pintados en las uñas?

–Sí, me gusta llevarlas pintadas.

–¿Y ha elegido para hoy calaveras y huesos?

–Me parecía apropiado –contestó encogiéndose de hombros–. Mire, sé que le parece frívolo, pero uno de nuestros clientes es dueño de una importante marca de pintauñas. Le preparamos una fantástica campaña en una de las revistas femeninas más importantes y... No importa, ya lo verá en la contabilidad. ¿Qué está haciendo?

Polly se calló cuando Damon tomó su mano. Trató de soltarse, pero él la sujetó con fuerza. Sus manos eran suaves y delicadas, y Damon se quedó inmóvil al sentir sus dedos finos agarrándose a él. Una oleada de deseo sexual recorrió el cuerpo de Polly. Sus manos temblaron entre las de él.

Damon se preguntó si el aire acondicionado de su oficina se habría estropeado. El ambiente se había vuelto pesado.

–Le dejaré para que lea la presentación –dijo Polly soltándose y dando un paso atrás.

Damon se sintió desorientado. ¿Qué demonios estaba haciendo?

–Sí, vaya.

Sin querer pararse a analizar su comportamiento, fijó la mirada en los documentos de la pantalla. Pero lo único que veía eran mechones rubios y uñas largas.

Se obligó a concentrarse y miró la primera diapositiva. Parecía hecha por alguien con conocimientos en informática. De hecho, era la primera muestra de profesionalidad que veía desde que llegara a Prince Advertising.

Apartó aquellos pensamientos y se concentró en la información que tenía delante.

–Espere –dijo haciéndola detenerse al llegar a la puerta–. ¿Quién ha hecho esto?

–Lo he hecho yo –contestó Polly dándose la vuelta después de unos segundos de silencio.

–Quiere decir que el señor Anderson le dio la información y usted la recopiló.

–No, yo misma reuní la información que creí que le

haría falta para tomar una decisión sobre el futuro de la compañía.

Damon reparó en la complejidad de los datos que aparecían en pantalla y luego volvió a mirarla.

—Considero una falta muy grave apropiarse del trabajo de otro.

Una extraña sonrisa asomó a sus labios.

—¿De veras? Es un gran cambio oírselo decir a alguien con autoridad. Quizá después de todo trabajemos bien juntos.

Damon se quedó leyendo la hoja de cálculo, tratando de ver el sentido de lo que tenía delante.

—¿Cuál era exactamente el papel que desempeñaba en la compañía?

—Era la asistente de mi padre, lo que significaba que hacía un poco de todo.

—¿Así que esta hoja de cálculo no la ha hecho el señor Anderson?

—El señor Anderson no sabe ni encender el ordenador, menos aún hacer una hoja de cálculo.

—¿Así que se le da bien la informática? –preguntó Damon recostándose en su silla.

—Soy buena en muchas cosas, señor Doukakis. Sólo porque lleve medias rosas y me pinte las uñas no significa que sea tonta –dijo con la mano aún en el pomo de la puerta–. Tengo que volver abajo. Todo el mundo está muy nervioso sabiendo que su futuro está en manos de otra persona. ¿Supondría mucho si la próxima vez que baje sonriera o dijera algo amable?

—Deberían estar agradecidos de que me haya hecho con el control. Sin mí, su empresa habría quebrado en menos de tres meses.

En un intento de proteger a su hermana, había acabado con más responsabilidades.

–Hemos tenido problemas con el flujo de caja, pero...

–¿Hay algún área de la empresa en la que no hayan tenido problemas?

–Los clientes nos adoran porque somos creativos –dijo mirándolo a los ojos–. Lo único que quiero es que me asegure que no habrá despidos.

–No puedo asegurarle eso hasta que solucione el desastre que ha dejado su padre.

–Sé que hay problemas, pero quiero que conozca cómo trabajamos antes de tomar una decisión equivocada. Creo que está tan enfadado con mi padre y su hermana, que está deseando hacer lo que sea para recuperar el control. Y respecto a lo que piensa de mí... No ha olvidado que fui la razón por la que expulsaron del internado a su hermana cuando tenía catorce años. Admito que lo estropeé todo, pero no castigue a la plantilla por algo que hice hace diez años. No sería justo.

Damon se quedó quieto, sabiendo que su acusación era cierta. ¿Había sido injusto al juzgarla por algo que había ocurrido hacía tanto tiempo?

–Vaya y tranquilice al personal. La llamaré si tengo algún problema.

Una hora más tarde tenía más preguntas que respuestas. Desesperado, apretó un botón y llamó a la directora financiera.

–Ellen, ¿puedes venir? –dijo con la mirada fija en la pantalla–. Y trae el listado de salarios de la gente de Prince. Hay algo que no cuadra.

Unos minutos más tarde estaba mirando otras cifras que tampoco acababa de entender. Tratando de resolver el puzle, se puso de pie bruscamente.

–Según esta información, toda esa gente aceptó una reducción de sueldo hace seis meses.

–Lo sé, yo también he estado revisando las cifras

–dijo Ellen–. Es una pequeña agencia con los gastos de una gran compañía.

–Los consejeros eran los responsables de esos enormes gastos.

Polly Prince estaba en lo cierto. El consejo estaba acabando con la compañía: billetes en primera clase, comidas pantagruélicas, botellas de miles de libras,... La lista no tenía fin.

–Hay un serio problema financiero. La crisis les ha afectado, pero no han tomado medidas para poner remedio. Peter Prince tenía que haber recortado la plantilla, pero en su lugar, han aceptado una reducción de sueldos para evitar que hubiera despidos –dijo Ellen y se ajustó las gafas–. La empresa está hecha un desastre, pero ya lo sabías cuando la compraste. El lado positivo es que tienen buenas campañas y acaban de conseguir la de una compañía francesa llamada Santenne. Su marca más importante es High Kick Hosiery. Va a ser algo gordo. ¿No hizo nuestra gente alguna propuesta para la misma campaña?

–Sí. ¿Cómo la ganaron? Es la empresa más caótica que he visto nunca.

–Es cierto. Su estructura y sus finanzas son un desastre. Pero desde el punto de vista creativo... Bueno, supongo que has visto esto –dijo su directora financiera, entregándole el expediente que había llevado.

–No he visto nada.

–Siempre revisas con detenimiento las compañías.

–Esta vez no.

–Hace tiempo que trabajamos juntos, Damon. ¿Quieres que hablemos de algo?

–No –contestó Damon sacudiendo la cabeza–. No preguntes.

–Supongo que esto tiene algo que ver con tu hermana. Tiene suerte de que te preocupes por ella.

–Me gustaría que ella también pensara eso.

–Eso es porque da por hecho que la quieres. Lo cual es un halago. Significa que se siente segura. Confía en mí, lo sé. Tengo hijos adolescentes. Has hecho un buen trabajo.

Damon no quería seguir hablando de aquello.

–Respecto a esta compañía...

–No todo son malas noticias. Hay un gran cerebro creativo trabajando. Tan sólo tienes que aprovecharlo.

Damon abrió el expediente y lentamente lo fue estudiando. Levantó una página con un anuncio en el que aparecía un adolescente en un club nocturno.

–Es bueno.

–Muy bueno y original. Llegan al público al que se dirigen. Mi hijo mayor lleva meses para que se lo compre y todo por el poder de su campaña. Las ventas se han cuadruplicado desde que se puso en marcha esta campaña. Puede que Prince Advertising sea un desastre, pero tienen a alguien excepcional. Iría más lejos y diría que siguen a flote gracias al talento de su director creativo. ¿Quién es?

–Su nombre es Michael Anderson y lo he echado –dijo Damon con la mirada fija en el anuncio–. Pero es imposible que estas ideas sean suyas. No había nada original en su cabeza.

–Quizá fuera el propio Prince.

–Tiene más de cincuenta años y deja la compañía cuando le apetece. Por lo que tengo entendido, para él es un entretenimiento más que un negocio. Esto es fresco, joven, atrevido.

–Y divertido –añadió Ellen sonriendo.

Damon pensó en las calaveras y huesos de las uñas de Polly, las medias rosas, los peces, el ambiente desenfadado de la plantilla,...

–Tienen un curioso método de trabajo.

–Si no son del director creativo, ¿de quién son las ideas? –dijo Ellen recogiendo sus papeles–. Gracias a su creatividad consiguen buenas campañas. Tenemos que asegurarnos de no perder al cerebro que hay tras esas campañas. Tenemos que averiguar quién es y retenerlo con un buen contrato. ¿Alguna idea de quién se trata?

–No –dijo Damon cerrando la carpeta y recordando mentalmente a las personas que había conocido–. Pero quiero descubrirlo inmediatamente y sé a quién preguntarle.

A las siete de la tarde, Polly era la única que quedaba en la planta de su oficina. Había pasado la segunda mitad del día resolviendo problemas y tranquilizando los ánimos, mientras atendía las llamadas de los clientes que se habían enterado de la compra de la empresa por la televisión.

–Señor Peters, creo que deberíamos aclarar el asunto –dijo hablando a través de unos auriculares para tener libres las manos y poder seguir desembalando cajas–. Sí, es cierto que el señor Anderson se ha marchado –añadió sacando una bolsa de globos y dejándola en la mesa–. Pero hay gente más cualificada para aconsejarle sobre la mejor estrategia. Fijemos una reunión; conocerá al equipo y le presentaremos unas ideas. Le prometo que le sorprenderemos. Será nuestra prioridad.

Cuando colgó, siguió anotando en la agenda de su teléfono las cosas que tenía que hacer y despejó su mesa. El resto de la plantilla se había ido horas antes, emocionados ante la idea de tomar el ascensor de cristal para salir a la calle.

Una vez a solas, Polly se había quitado las botas, dispuesta a pasar la tarde trabajando. La oscuridad había caído sobre la ciudad mientras hablaba por teléfono. Levantó la mirada y permaneció inmóvil unos segundos mientras disfrutaba de la vista. La luna se reflejaba sobre el Támesis y, por primera vez en días, se sentía tranquila.

Quizá aquello resultara ser algo bueno. Damon Doukakis era una de las pocas personas con el talento necesario para darle la vuelta a la compañía, suponiendo que no los echara antes.

Romeo y Julieta parecían contentos en su nuevo entorno y Polly había comprobado que había mesas suficientes para todos sin necesidad de turnarse y aplicar el método Doukakis. Se preguntó si a los empleados de Damon les gustaría llegar cada día y sentarse en una mesa diferente.

Damon Doukakis estaba concentrado en el éxito de sus negocios hasta el punto de no preocuparse por nada más. Bueno, no era del todo así. Sus mejillas se sonrojaron y se miró las manos recordando. Estaba segura de que él también había sentido la atracción.

Se había quedado horrorizado, lo cual debería de haber alimentado su ego. Pero era realista. Era imposible que sintiera algo por ella. Lo había visto muchas veces en las revistas con mujeres impecables y elegantes. Todo en su vida estaba perfectamente controlado, desde el trabajo hasta las mujeres.

Polly se miró. Las mujeres con las que solía salir nunca se sentarían descalzas en el suelo a abrir cajas, ni saldrían a la calle sin estar perfectamente peinadas.

Polly terminó de vaciar la caja, preguntándose por qué se molestaba en pensar en la clase de mujeres con las que Damon Doukakis solía salir.

Su mesa estaba llena de notas rosas con los mensajes que Debbie había tomado mientras ella hablaba por teléfono. Todos ellos eran urgentes y sintió pánico ante todo el trabajo que tenía por delante. Todo el mundo se había enterado de la adquisición de Prince, así que lo único que podía hacer era mostrarse optimista.

Era consciente de que, si los clientes se marchaban, los empleados se quedarían sin trabajo, así que fue tomando las notas una a una y haciendo una lista de las llamadas que tenía que hacer. Después, fue dando prioridades a las cosas que haría por la mañana.

De repente oyó el sonido de una puerta al abrirse y Damon Doukakis apareció, dirigiéndose hacia ella. Llevaba un esmoquin y una pajarita, lo cual indicaba que sus planes para la noche eran más emocionantes que los de ella. Contuvo el aliento al ver que se acercaba. Su atractivo hacía que fuera imposible no mirarlo cuando estaba en la misma habitación. Además, destilaba esa seguridad que parecía genética en la gente rica. Hacía años que no tenía aquella sensación de inferioridad.

Su cabeza empezó a dar vueltas y se alegró de estar sentada. Así no tendría que apoyarse en las piernas. Debía de ser el cansancio, pensó. Tampoco era tan guapo.

Al ver que la observaba desde su formidable altura, Polly cambió de opinión. Sí, sí que era guapo. Sintiéndose incómoda, hizo un intento de aligerar la tensión.

–Bonita vestimenta. No sabía que también trabajara como camarero.

No obtuvo ninguna sonrisa como respuesta y se sintió aliviada. Nunca encontraría atractivo a un hombre que no tuviera sentido del humor, por impecable que fuera su aspecto físico.

–¿Por qué está sentada en el suelo? ¿Dónde están sus botas?

–Debajo de la mesa. Estaba vaciando cajas y me molestaba... No importa, prometo ponerme zapatos cuando me reúna con clientes.

Polly se dio cuenta de que estaba mirándole las piernas y la temperatura de su cuerpo aumentó.

–No tiene... –dijo y se detuvo al ver la transformación de la oficina–. ¿Qué ha pasado aquí?

–Nos dijo que podíamos hacer lo que quisiéramos con este espacio –dijo Polly y siguió su mirada hasta un calendario de bomberos medio desnudos–. Ése es un proyecto que hicimos para uno de nuestros clientes. Son unas fotografías magníficas, ¿no le parece? Lo hemos puesto ahí porque nos ayuda a ser creativos.

–Cuanto más descubro sobre su proceso creativo, más fascinado estoy –dijo él arqueando una ceja.

–Admito que somos... más informales que usted, pero lo cierto es que esa idea de mesas compartidas no funciona para nosotros. Nos gusta saber dónde vamos a sentarnos cada día. Nos gusta tener un sitio que podamos considerar nuestro.

–Este sitio parece un mercadillo –dijo él tomando un bolígrafo rosa de su mesa–. ¿Qué hace con esta cosa?

–Escribo con ella. Cuando estoy buscando ideas, me gusta hacer garabatos en un papel. Me ayuda a pensar. Me gusta ese bolígrafo. Me hace sonreír y soy más creativa cuando estoy contenta.

–Bueno, eso está bien porque mi prioridad es su felicidad. Hablando de felicidad, ¿cómo están los peces? ¿Hay algo que pueda hacer para que se sientan más a gusto?

–No se acerque demasiado. Tienen miedo de los tiburones –dijo Polly ignorando su sarcasmo.

–No soy un tiburón, señorita Prince.

–Se ha hecho con la compañía de mi padre de un bocado, así que disculpe si no estoy de acuerdo con usted.

–Ambos sabemos que no tengo interés en los negocios de su padre.

–Lo que es una lástima porque ahora tiene que lidiar con nuestro modo de entender los negocios.

De repente, Polly se sintió cansada para discutir. Discretamente metió su cuaderno rosa bajo una carpeta con la intención de que no lo viera.

–¿Puede devolverme mi bolígrafo? Es mi bolígrafo de la suerte. Todas mis mejores ideas las he escrito con él.

Damon frunció el ceño y se preguntó qué habría dicho esta vez.

–¿Puede dejar de fruncir el ceño? Me pone nerviosa. Estamos acostumbrados a trabajar en un ambiente relajado.

Se quedó mirándola unos segundos y luego volvió a dejar el bolígrafo en la mesa.

–¿Ha sabido algo de su padre?

–No.

–¿Le llama alguna vez?

Con aquella simple pregunta estaba clavándole un puñal en su lado más vulnerable. Temiendo que se diera cuenta, Polly bajó la mirada.

–Llevamos vidas independientes. ¿Quiere algo más? Porque estoy muy ocupada.

Por nada del mundo estaba dispuesta a darle a Damon Doukakis la satisfacción de saber lo mucho que todo aquel asunto le afectaba.

–Parece cansada –dijo después de un breve silencio–. Debería irse –añadió sorprendiéndola.

El hecho de que se hubiera dado cuenta le agradó, pero eso la asustó aún más.

–No puedo irme. Mi jefe cree que soy una vaga y tengo que hacer un millón de llamadas antes de irme a casa.

–No puede irse a casa –dijo tomando un oso de peluche y estudiándolo con incredulidad–. Hay un puñado de periodistas esperando a que cualquiera de los dos salga para bombardearnos a preguntas.

–No me dan miedo los periodistas –replicó ella arrancándole el oso de las manos.

–No me refiero a unas cuantas preguntas. Me refiero a un puñado de gente en busca de un escándalo jugoso. Ese oso y usted pueden pasar la noche en mi apartamento –dijo sacando una tarjeta magnética del bolsillo–. Tome el ascensor hasta la última planta. Con esto se abre la puerta. Allí estará a salvo.

Aquel gesto inesperado la sorprendió. Si se quedaba en el apartamento, podría seguir trabajando y quitarse un peso de encima.

–Bueno, sí... gracias. ¿Cómo va a evitarlos usted?

–Tengo el coche en el aparcamiento subterráneo –dijo y miró su reloj–. Tengo que irme. Mañana hablaremos de su presentación. Tengo algunas preguntas.

–De acuerdo, pero mañana no podrá ser. Voy a París a reunirme con un cliente.

–¿A qué hora es su vuelo?

–No voy en avión, voy en tren. Sale a las siete y media. La reunión es por la tarde. Cambiaron la hora de la reunión una vez había comprado el billete de tren. Era un billete barato y no podía cambiarlo.

–Y pensó pasar el día en París.

El momento de paz había pasado. Después del largo y estresante día, no podía soportar sus continuos ataques y lo miró poniéndose a la defensiva.

–He visto la cuenta de gastos.

–No, ha visto la cuenta de gastos de los consejeros.

–¿Con quién va a verse en París?

–Con Gérard Bonnel, el vicepresidente de marketing de Santenne. Quiere revisar algunas ideas.

–No puede reunirse sola con alguien del estatus de Gérard. Iré con usted. Y póngase un traje antes de verse con el cliente.

Polly abrió la boca para decir algo, pero Damon ya se había ido en dirección al ascensor. Se quedó mirándolo y decidió que no dormiría en su apartamento. ¿Y qué si unos cuantos periodistas la estaban esperando fuera? Ya había tratado con periodistas antes.

Polly se quedó una hora más trabajando y luego se puso las botas, guardó el teléfono en el bolso y disfrutó de las vistas panorámicas del ascensor. La idea de que Damon Doukakis la acompañara a París la horrorizaba. Quería seguir con su trabajo y evitarlo todo lo posible.

Las puertas del ascensor se abrieron en el vestíbulo y vio al guardia de seguridad hablando con un grupo de personas ante el mostrador. Nada más salir a la calle, se vio rodeada.

–Polly, ¿alguna declaración sobre la compra de la compañía de su padre por Damon Doukakis?

–¿Ha hablado con él?

–¿Es cierto el rumor de que está con la hermana de Damon?

Sintió un codazo en los riñones y Polly se dio la vuelta. Zarandeada, perdió el equilibrio y su cabeza dio con algo duro y frío. Hubo unos flashes y sintió algo cálido y húmedo por el rostro.

Sangre, pensó aturdida, y de repente todo se volvió oscuro.

Capítulo 4

QUE ELLA qué? ¿En qué hospital?
Damon dejó a su cita en mitad de la cena, se guardó el teléfono en el bolsillo y se dirigió hacia su limusina. Su equipo de seguridad le abrió paso a través de la nube de periodistas.

–¿Se sabe cómo está? –preguntó una vez en el interior del coche.

–El hospital no nos ha dado detalles, señor –dijo Franco, su conductor, mientras atravesaban Londres–. Me han dicho que se ha dado un golpe en la cabeza y que van a dejarla ingresada en observación esta noche.

De un tirón deshizo su pajarita y se acomodó en el asiento, conteniendo su enfado. ¿Por qué demonios había salido del edificio? Le había dicho que se quedara en el apartamento.

Aquella mujer era un desastre. En parte deseaba dejar que soportara las consecuencias de su estupidez. Pero por otro lado, era consciente de que estaba sola en el hospital y de que nadie sabía cómo localizar a su padre.

De pronto se le ocurrió una idea.

–Franco, llama a la prensa de manera anónima y que se enteren de que está en el hospital.

–Son ellos los culpables de que esté allí –dijo Franco mirándolo por el retrovisor.

–No me refiero a los tabloides, sino a las televisiones. Diles que la señorita Prince ha tenido un accidente y que no se sabe cuánto tiempo va a estar en el hospital. No des muchos datos y asegúrate de que parezca algo serio. Quiero que la historia esté en los titulares y que haya imágenes para que se sepa en qué hospital está.

Seguramente cuando Peter Prince oyera que su hija estaba ingresada en un hospital, saldría de su escondite.

Damon se obligó a relajarse mientras avanzaban entre el tráfico. A cada hora que pasaba estaba más preocupado ante la falta de noticias de su hermana.

Arianna tenía seis años cuando sus padres murieron. Ante la responsabilidad de hacerse cargo de ella, había tenido que madurar de la noche a la mañana, y comprender que su prioridad era que no sufriera. Lo que por entonces no había sabido era que la mayor amenaza vendría de la propia Arianna. ¿Y si cometía la estupidez de casarse con aquel hombre?

Quince minutos más tarde su limusina se detuvo ante la entrada del hospital. Damon salió del coche y entró en urgencias. Sentía alivio por poder pensar en otra cosa que no fuera su hermana.

–¿Puedo ayudarlo? –preguntó la recepcionista nada más verlo.

–Estoy buscando a una amiga –dijo Damon esbozando una sonrisa–. Se llama Polly Prince. Se ha dado un golpe y la ha traído una ambulancia.

–Prince, Prince... Está en el cubículo uno. Pero no puede...

–¿Derecha o izquierda? Le agradezco mucho su ayuda.

Consciente del efecto que provocaba en las mujeres, Damon lo usaba en su beneficio cuando le hacía falta.

–A la izquierda al pasar la puerta. El médico está con ella.

–Gracias –dijo sonriendo.

Antes de que nadie pudiera detenerlo, se dirigió al cubículo, en el que encontró a una doctora a punto de estallar.

–¿Dónde está?

–Acaba de irse. Ha pedido el alta en contra del consejo médico. Queríamos que pasara veinticuatro horas en observación, pero ha dicho que no podía quedarse porque tenía muchas cosas que hacer. Es una joven muy decidida.

Damon recordó aquel día en el colegio en el que se había negado a explicar su comportamiento. Decidida era una descripción muy amable.

–¿Por qué ha pedido el alta?

–Dijo que tenía cosas que hacer, pero que se tumbaría y descansaría. Se ha dado un golpe muy fuerte en la cabeza –dijo la doctora, guardándose el estetoscopio en el bolsillo–. Mencionó un viaje a París y una reunión con un cliente muy importante. No pudimos conseguir que dejara de hablar por teléfono. Tengo que admitir que su dedicación me ha impresionado.

Sorprendido, Damon se preguntó si la doctora y él estaban refiriéndose a la misma persona.

–¿Dice que le aconsejó que se quedara, pero que ella decidió marcharse?

–Así es. No hay inconveniente de que esté en casa siempre y cuando esté acompañada. Tan sólo tiene que estar atento y traerla si su estado empeora.

La doctora asumía que iba a pasar la noche con Polly y Damon decidió no corregirla.

–¿Por dónde se fue? –preguntó mirando hacia la salida.

–Salió por la entrada de ambulancias. Dijo que tenía quién la llevara a casa.

Damon se dirigió hacia la salida y llamó por teléfono a su chófer para que lo recogiera en la puerta.

–¿Has visto a Polly Prince?

–No.

Damon maldijo entre dientes y luego miró a su alrededor. Incluso a aquella hora de la noche, había mucha actividad en el hospital. No había ni rastro de Polly.

–¿Cuál es la estación de metro más cercana?

–Creo que es Monument, jefe.

Siguiendo un presentimiento, Damon se metió en el coche.

–Vamos, vete hacia allí.

Al cabo de un par de minutos la vio, caminando con la cabeza gacha y los hombros caídos, como si estuviera a punto de desmayarse.

–Para aquí. *Theé mou*, ¿quiere morir? Primero se va de la oficina cuando le dije que no lo hiciera y luego se va del hospital en contra de las instrucciones de los médicos. ¿Qué le pasa? ¿Por qué tiene que hacer lo contrario de lo que le dicen?

–¿Damon?

Al darse la vuelta, Damon vio su pelo manchado de sangre y una marca morada a un lado de su cara.

–*Maledizione*. ¿Le han golpeado?

Desorientada, lo miró a él y luego a la limusina.

–¿Qué está haciendo aquí? Pensé que tenía una cita.

–Me dijeron que había tenido un accidente.

–¿Y qué tiene que ver con usted?

–Naturalmente, me fui de inmediato al hospital.

–¿Por qué naturalmente? ¿Por qué iba a preocuparle que fuera al hospital? No es familiar mío.

Molesto porque se cuestionara su decisión, Damon se pasó la mano por el pelo.

–Su padre está ausente y no podía dejarla sola después de lo que le ha ocurrido.

–Suelo ocuparme de las cosas yo sola. ¿Ha dejado a su cita para venir al hospital?

–No la he dejado, me he ocupado de que alguien la lleve a casa.

–Pero le ha privado del placer de su compañía y de sus acrobacias en el dormitorio. ¡Pobrecilla!

Ignorando su tono irónico, Damon le tocó la cabeza.

–¿Qué demonios ha pasado?

–Me rodearon, perdí el equilibrio y me caí sobre una cámara. Estoy bien. Ha sido muy amable preocupándose por mí, pero podré llegar a casa –dijo y comenzó a caminar.

Damon la tomó del brazo. Su cuerpo rozó el suyo y el delicado aroma de su perfume lo embriagó. No sabía por qué le resultaba tan difícil mantener el control cuando estaba con ella.

–No puede tomar el metro y no se supone que pase la noche sola.

–¿Se ofrece voluntario para dormir conmigo? Me gustaría que pudiera ver su cara. Relájese. Sé que preferiría dormir con pulgas que conmigo.

Damon, que tenía una idea muy clara de lo que le haría si la tuviera en su cama, ignoró el comentario.

–¿Por qué no se ha quedado en el hospital?

–Tengo que estar en París mañana y todavía tengo algunas cosas que terminar.

–Obviamente, mañana no irá a París –dijo Damon, atrayéndola hacia él al pasar un grupo de personas junto a ellos.

–Por supuesto que sí.

–Si su padre estuviera aquí, no le permitiría que fuera.

–No, no lo haría –dijo ella sin mirarlo–. Pero soy yo la que toma las decisiones y voy a ir a París.

Polly se soltó y siguió caminando hacia la estación de metro.

Damon se quedó inmóvil unos segundos. Nunca antes se había encontrado con alguien tan cabezota. Era evidente que no estaba dispuesta a entrar en razón, así que ¿qué podía hacer?

–¿Por qué es tan importante ir a París mañana? ¿Está liada con algún cliente?

–Tiene una opinión muy mala de mí, ¿verdad?

–Conozco a Gérard. Como a la mayoría de los franceses, le gustan las mujeres bonitas. Y usted va a llegar nueve horas antes de la reunión.

–Lo cual significa que tengo tiempo suficiente para sexo, ¿es eso? –dijo mirándolo a sus ojos azules–. Decídase. Esta mañana decía que parecía un flamenco y ahora cree que me he convertido en una *femme fatale.*

Damon no sabía lo que sentía y no quería que ella cuestionara su comportamiento.

–Tan sólo me pregunto por qué esta reunión es tan importante como para dejar el hospital en contra del consejo de los médicos.

–El trabajo de todo el mundo está en peligro. Es un nuevo cliente y trabajo en una empresa de servicios –dijo Polly mirando a un hombre que pasaba junto a ellos–. Y antes de que haga algún comentario desagradable, no me refiero a esa clase de servicios.

Polly volvió a darse la vuelta y Damon se interpuso en su camino para evitar que se fuera.

–Mire, no puede pasar la noche sola y en cualquier momento la prensa que está en el hospital descubrirá que se ha marchado por la puerta de atrás. Métase en el coche antes de que se lleve otro golpe por segunda vez.

–No necesito que me lleven. Y tengo que ir a mi casa para recoger algunas cosas antes de la reunión de mañana.

–Estoy intentando ayudarla.

–Y yo estoy intentando decirle que no necesito ayuda. Sé arreglármelas yo sola, siempre lo he hecho.

–Bueno, esta noche me ocuparé yo –dijo Damon extendiendo su mano–. Deme las llaves. Franco nos dejará y luego irá a su casa a recoger lo que necesite. Haga una lista en el coche. Ya decidiré si está bien para ir a París por la mañana. Hasta entonces, se quedará en mi ático. Si lo hubiera hecho desde el principio, no estaríamos aquí ahora.

–¿Le gusta tener el control, verdad?

–Cuando la situación lo requiere, sí.

–¿Así que me invita a quedarme en su casa? ¿No teme que dé una fiesta salvaje? Ya me conoce, no puedo resistirme a los hombres y al alcohol.

Damon ignoró su referencia al incidente del internado.

–Me arriesgaré.

Mientras decía aquellas palabras, se preguntó por qué estaba dando lugar a una situación en la que tendrían un estrecho contacto.

–Aprecio el gesto, pero estoy bien. Estoy acostumbrada a cuidarme yo sola.

Añadió aquel último comentario en un tono que hizo que Damon se preguntara qué papel había jugado su padre en su vida. Estaba a punto de preguntar cuando vio un movimiento por el rabillo del ojo.

–Tenemos compañía. Pongámonos en marcha.

Damon la tomó en brazos y la depositó en el asiento

trasero de la limusina. Cerró la puerta justo en el momento en el que la prensa llegaba.

–¡Arranca, Franco!

Polly tenía sentimientos confusos al bajarse del coche en el aparcamiento subterráneo del edificio Doukakis. Le había incomodado que la metiera en el coche, pero se había sentido aliviada de haber escapado de la prensa.

–Este sitio parece una fortaleza.

–Puede ser una fortaleza cuando hace falta –dijo Damon sin mirarla, mientras se dirigían hacia el ascensor.

Polly lo siguió lentamente y no sólo porque su cuerpo había empezado a dolerle por la caída.

¿Qué le ocurría ahora? Era evidente que estaba enfadado, pero Polly no tenía ni idea de por qué.

Después de meterla en el coche, había estado hablando en griego con el chófer, dejándola a solas con sus pensamientos mientras miraba por la ventanilla.

–¿Está enfadado porque le he estropeado la noche o porque no he seguido sus órdenes? Porque no le pedí que acudiera en mi rescate.

–¿Se refiere a cuando quedó inconsciente o a cuando salió del hospital en contra de la opinión del médico?

–Soy capaz de tomar mis propias decisiones.

–Cualquiera puede tomar una decisión. Lo difícil es tomar la adecuada en el momento oportuno.

–Eso es lo que suelo hacer.

–Lo que hace, señorita Prince, es llevarme la contraria por norma.

–Eso no es cierto.

–¿Ah, no? Ha estado a punto de ser arrollada por los periodistas por segunda vez en una misma noche. ¿Se habría metido en el coche si no la hubiera obligado?

Ella se revolvió incómoda.

–Sí, si me hubiera dado tiempo para pensármelo.

–No había tiempo para eso.

–¡Lo siento! Le he estropeado la noche y lo siento. Le agradezco que me haya ayudado. Es que no... Bueno, no estoy acostumbrada a aceptar ayuda. Me resulta extraño.

No sólo había acudido a su rescate, sino que había dejado a su cita para ir al hospital y todo lo que ella había hecho había sido causarle molestias.

¿Cuándo había acudido alguien a su rescate? ¿Cuándo le había ayudado alguien?

Una sensación desconocida la recorrió y pensó si el golpe en la cabeza habría sido peor de lo que había pensado. De repente se alegró de que la obligara a entrar en el coche. Sentía como si tuviera una banda de rock tocando dentro de su cabeza y se preguntó si habría sido una buena idea dejar el hospital. ¿Sería normal sentirse así de mal?

Tenía que ir a París. Era fundamental conseguir la campaña de High Kick Hosiery.

–De verdad que siento haberle estropeado la noche –dijo Polly, llevándose la mano a la cabeza–. No pensé que la prensa estaría tan interesada en la historia. ¿Cómo se enteró?

–Mi jefe de seguridad me llamó. Estaba cerca y vio lo que pasaba, pero no pudo impedirlo. ¿Por qué no se quedó en el hospital?

–No podía quedarme en el hospital. Tengo un jefe insensible. Cree que soy una vaga y que no trabajo como debería.

–¿Así que soy el culpable?

–No, no lo es. Habría hecho lo mismo a pesar de lo que hubiera dicho. La reunión es importante. Las cosas están muy difíciles ahí fuera. Si no voy a verlo, Gérard descolgará el teléfono y llamará a otra agencia. No quiero que eso ocurra.

–No soy un jefe insensible –dijo él entre dientes–. Cualquiera con un poco de sentido común, se tomaría unos días de descanso después de una herida así. ¿O acaso está intentando impresionarme?

–No soy tan estúpida como para pensar que puedo impresionarlo. Tan sólo intento hacer mi trabajo. La reunión de mañana es importante. Con tanta incertidumbre, no puedo suspenderla. Hemos trabajado mucho para conseguir ese contrato y tenemos que demostrarles que podemos hacer un gran trabajo. ¿Tiene algún analgésico en su apartamento?

–Sí.

Incluso con el primer botón de la camisa desabrochado y la pajarita suelta, estaba muy guapo. Claro que también parecía enfadado.

Polly pensó en la mujer a la que había dejado en mitad de la cita. ¿Quién sería? Seguramente alguien de gran belleza que nunca se pondría unas medias de color rosa.

Lo miró de soslayo. Nadie antes había acudido en su rescate. Incluso cuando se cayó en el colegio y se rompió un brazo, había tenido que volver a casa en taxi porque nadie había podido localizar a su padre. Confundida por sus sentimientos, Polly apartó la mirada. Estaba tan acostumbrada a arreglárselas sola, que se le hacía muy extraño que alguien se preocupara.

–Vuelva y pase el resto de la noche con su cita. Todavía no es tarde y no necesito que me cuiden. Voy a darme un baño para limpiarme la sangre. Vaya y disfrute.

–Teniendo en cuenta que pasa de un desastre a otro, necesita que alguien la cuide.

Polly rió y sintió que el dolor de cabeza iba en aumento. No la habían cuidado desde que era una niña.

–A menos que tenga pensado pasar la noche junto a mi cama, no veo cómo va a cuidar de mí.

Al encontrarse con su mirada, Polly deseó no haber dicho aquello. No estaba acostumbrada a pensar en sexo y menos junto a aquel hombre.

–Tan sólo necesito unos analgésicos y dormir –añadió–, eso es todo. No necesito compañía.

Pero la tranquilidad que sentía sabiendo que iba a estar cerca de ella la sorprendió. ¿Por qué le importaba? Nunca había sido una persona dependiente. El hecho de que fuera ancho de hombros no significaba que tuviera que apoyarse en él.

Cuando por fin las puertas del ascensor se abrieron, Polly se sintió aliviada de que hubiera más espacio alrededor de ellos.

Como todo el mundo, había oído toda clase de especulaciones acerca del dúplex que coronaba el edificio. Cuando el edificio Doukakis estaba en construcción, había habido multitud de comentarios acerca del ático con vistas de trescientos sesenta grados de Londres, jardines y una piscina climatizada. A pesar de los rumores, no estaba preparada para la realidad.

Polly se quedó boquiabierta, mirando las vistas de la ciudad. Nunca antes había visto tanto cristal en un solo sitio.

–No creo que nadie pueda sufrir aquí de claustrofobia. Es increíble, espectacular.

–Me gustan los espacios abiertos y la luz –comentó Damon–. Como en mi villa de Grecia.

Era la primera cosa personal que le contaba y Polly se dio cuenta de lo poco que solía conversar con hombres.

–¿Tiene una villa en Grecia? Qué afortunado.

Vaya comentario estúpido. Con razón pensaba que era idiota. Seguramente se estaría arrepintiendo de tener que hacer de enfermero en vez de seguir su cita con alguien que sin duda tendría una conversación interesante.

Damon señaló hacia el fondo de la habitación, donde el espacio se estrechaba.

–Puede usar la suite de invitados de esta planta. Se la enseñaré.

Polly reparó en las alfombras blancas que cubrían el suelo de madera y automáticamente se quitó las botas.

–Es increíble –dijo fijándose en los lujosos sofás, mientras lo seguía por el apartamento.

El ambiente era muy acogedor y sintió una punzada de envidia. Aquel hombre no pasaba las noches en vela preocupado por cómo mantener su compañía a flote ni cómo salvar puestos de trabajo. Tenía tanto éxito que su única preocupación debía de ser cómo contar el dinero.

–¿Tiene hambre? –preguntó Damon al pasar por delante de la cocina–. Puedo pedirle al chef que le prepare algo.

–No, al menos que sepa preparar pasta con salsa de analgésicos. En serio, no tengo hambre, pero gracias.

Polly reparó en una escalera de caracol que había en el centro de la habitación. Perfectamente iluminada, parecía sacada de un cuento. Nunca se había considerado romántica, pero de repente se preguntó si habría subido a alguna mujer en brazos de la misma manera que había cargado con ella para meterla en el coche.

Lo siguió hasta la enorme suite de invitados y se quedó sin aliento al entrar. Había una chimenea moderna y la cama estaba colocada hacia las espectaculares vistas. Cualquier invitado que se quedara allí no querría irse.

—El cuarto de baño está tras esa puerta. Tiene sangre en el pelo... —dijo y alzó la mano para acariciarla, pero rápidamente la bajó.

La tensión sexual entre ellos era más que evidente. Damon frunció el ceño y dio un paso atrás. Ambos empezaron a hablar a la vez.

—No quiero que...

—¿Necesita ayuda?

Nadie antes le había ofrecido su ayuda y le agradaba, aunque no iba a aceptarla. La sola idea de desnudarse ante él le impedía aceptar su ofrecimiento.

—Estaré bien. Agradezco su preocupación.

En parte deseaba que no se preocupara por ella. Le resultaba incómodo sentirse agradecida. Era extraño saber que alguien cuidaba de ella, aunque fuera por un sentido del deber.

Quizá fuera despiadado, pero también era decente.

«Y tremendamente atractivo».

Damon apretó un botón que había junto a la cama. Al hacerlo, la manga se le subió, dejando al descubierto una muñeca fuerte, de vello oscuro. Una pantalla de televisión apareció en la pared, pero Polly no se fijó. Estaba absorta por el contraste entre la seda blanca y su piel bronceada.

Tragó saliva. Aquello era peor de lo que había imaginado. Debía de encontrarse muy mal para que le pareciera sexy la muñeca de un hombre.

—Espero que la noticia de su accidente salga en los informativos dentro de una hora. Si su padre está viendo la televisión, entonces se pondrá en contacto. Si la llama, quiero que me avise marcando el dos en el teléfono que hay junto a la cama. Conecta con la habitación principal.

Su cabeza estaba ocupada imaginándoselo desnudo y tardó unos segundos en comprender lo que le estaba diciendo. ¿Accidente?

–No había cámaras. Había fotógrafos y un par de periodistas. No creo que salga en las noticias.

–Sí, sí saldrá.

–Pero... ¿Usted se lo ha dicho?

Las imágenes de él desnudo se desvanecieron al instante.

–Oh, Dios mío. Ha aprovechado mi accidente para hacer publicidad.

–No soy responsable de su accidente. Usted tomó la decisión de abandonar el edificio y se topó con un puñado de periodistas hambrientos de cotilleos.

Aquella respuesta fue la gota que colmó el vaso. Polly se agarró al pomo de la puerta, consciente de que su interés por ayudarla era para conseguir que su padre saliera de su escondite.

–Y pensar que por un momento pensé que estaba preocupado de que no me encontraran muerta sola en mi casa... Debería habérmelo dicho antes de tomarse tantas molestias. Le habría dicho que no habría cambiado nada. Podría estar en cuidado intensivos que mi padre seguiría sin venir.

–¿Me está diciendo que cuando su padre vea las noticias seguirá sin llamar? –dijo frunciendo el entrecejo.

Aquel comentario hizo que Polly se sintiera aún más triste. Si había algo peor que tener un padre que no se preocupara, era que todo el mundo lo supiera. ¿Por qué había tenido que contárselo?

–Mire, déjeme a solas. Ya he tenido suficiente. Espero que su conciencia le deje dormir bien.

Él se quedó mirándola. Era evidente que quería decir algo más, pero se calló.

–No cierre la puerta. Si se desmaya, quiero enterarme.

–¿Por qué? ¿Para dejar que los paparazzi me hagan fotos?

Sintiéndose peor que nunca, Polly entró en el cuarto de baño, cerró la puerta dando un portazo y echó el pestillo. Estaba al borde de las lágrimas y apretó los dientes para contener la rabia.

–Qué hombre tan vil y miserable –dijo ante el espejo.

Mojó el borde de la toalla y se la llevó a la cabeza, tratando de analizar por qué se sentía tan deprimida. Estaba acostumbrada a cuidarse ella sola, ¿no? Siempre lo había hecho. No necesitaba que Damon Doukakis acudiera en su rescate.

Polly miró su rostro pálido en el espejo. Se había dejado llevar por la química que había entre ellos. Se había olvidado que todo aquello tenía que ver con su hermana y había cometido el error de pensar que sentía por ella algo. Eso era lo que le pasaba por bajar la guardia.

Ignorando el dolor que sentía, se entretuvo en el baño con la esperanza de que cuando saliera, Damon se hubiera ido.

Cuando salió, la habitación estaba vacía. Sobre la cama estaba su maleta, en la que estarían las cosas que había anotado en la lista. Aquel Franco trabajaba rápido.

En la mesilla de noche había una jarra de agua y un bote de analgésicos. El que se lo hubiera dejado no lo hacía más considerado.

Se tomó un par de pastillas y se puso los pantalones cortos y la camisola de encaje con los que solía dormir. Sacó su teléfono móvil y revisó sus correos electrónicos. No había nada que no pudiera esperar hasta por la mañana, así que se sentó en la cama, sacó su cuaderno y empezó a anotar algunas ideas para la reunión del día siguiente. Decidida a demostrarle a Gérard que no se había equivocado al elegirlos, hizo unas anotaciones hasta que el sueño pudo con ella y se dejó caer sobre las almohadas.

Con una copa de whisky en la mano, Damon vio el reportaje de las noticias desde el hospital. Mostraron unas imágenes de Polly llegando en una ambulancia, con sangre en la cara, y una entrevista con la doctora, que se negó a comentar el estado de su paciente. Aquello era suficiente para que un padre corriera al teléfono más cercano.

Pero el teléfono seguía en silencio. ¿Qué hacía falta para sacar a Peter Prince de su nido de amor? Evidentemente, algo más que una hija herida. ¿Qué clase de padre veía que su hija estaba en el hospital y no la llamaba?

Damon dio un sorbo a su whisky buscando las respuestas a aquellas preguntas. La responsabilidad hacia la familia era algo natural en él, tanto como respirar. Desde el momento en que la policía le informara sobre la muerte de sus padres, había apartado sus sentimientos y había concentrado todas sus energías en su hermana. Pero Peter Prince no sentía esa obligación.

Damon recordó la llamada que había recibido desde el internado una década atrás. Había tenido que dejar una reunión importante para ocuparse de su hermana. Los niños, en especial los adolescentes, necesitaban normas y disciplina. Pero el recuerdo de aquel día no tenía nada que ver con Arianna, sino con Polly Prince, de pie en un rincón del despacho, sola y desafiante.

No había ni rastro de su padre. En aquel momento, Damon había pensado que la ausencia de sus padres era la prueba de que la hija se había salido del redil.

¿Qué papel había jugado aquel hombre en la vida de Polly?

Su teléfono vibró. Al contestar, Damon miró hacia la habitación de invitados, pero seguía cerrada y se preguntó si debía comprobar cómo estaba. La doctora le había dicho que necesitaba a alguien cerca.

Tratando de apartar la imagen de Polly inconsciente en el suelo del cuarto de baño, habló con su chófer y colgó al terminar.

No podía estar inconsciente. Era una mujer fuerte. Pero no podía apartar la idea de su cabeza, así que se dirigió a la suite de invitados para asegurarse de que estaba bien.

Abrió la puerta y la vio hecha un ovillo sobre la cama. Había un cuaderno abierto sobre la colcha de seda blanca y un bolígrafo manchando de tinta negra el delicado material.

Pero no fue la tinta lo que llamó su atención. Fue la extraña palidez de su rostro. Recordó que la doctora había dicho que debía permanecer en el hospital bajo observación y cruzó la habitación preocupado. ¿Estaba sangrando la herida? Suavemente le apartó el pelo del rostro y vio sombras violáceas bajo sus ojos y un cardenal en la frente. Dormida, parecía aún más joven.

¿Cómo se sentiría sabiendo que su padre no se molestaba en llamar para saber cómo estaba?

Mirándola, recordó que le había dicho que cuando surgía alguna emergencia, era ella la que la resolvía.

Llevaba todo el día intentando resolverla. No podía negar que se había esforzado en ayudar a los empleados a instalarse en las nuevas oficinas y que los había defendido con una pasión que le había sorprendido.

Damon le quitó de la mano el bolígrafo y lo puso en la mesilla. Al tirar de la colcha para taparla, el cuaderno se cayó al suelo. Lo recogió y, a punto de cerrarlo, unas palabras llamaron su atención. *Corre, vive. Vive para correr. Siéntete vivo.*

Era evidente que había estado buscando combinaciones para dar con el eslogan para una marca.

Con la atención aún puesta en el cuaderno, Damon se sentó al borde de la cama. Sin ningún reparo, empezó a leer desde el principio lo que Polly había escrito.

Enseguida le quedó algo claro: se había equivocado al juzgar a Polly Prince.

El cerebro creativo detrás de cada brillante campaña pertenecía a la mujer que estaba tumbada en la cama.

Capítulo 5

POLLY se despertó por el insistente sonido de una vibración. Abrió un ojo y al ver la intensidad de la luz, soltó un quejido.

–Me molesta la luz.

–Es el sol.

–¿Y por qué ha salido el sol a esta hora? –dijo y al meter la cabeza debajo de la almohada, sintió dolor–. Ay, qué daño. Y ese sonido...

–Puso la alarma del teléfono. Son las seis de la mañana.

Una mano grande apareció ante ella, tomó el teléfono y apagó el sonido.

–No puede ser. ¡Váyase!

–Puede darse la vuelta y volver a dormirse, pero ha dormido toda la noche sin moverse y quería asegurarme de que seguía viva.

–No estoy viva. Nadie está vivo a esta hora de la mañana –dijo moviéndose bajo las sábanas–. Déjeme en paz.

–¿Se siente mal? Llamaré al médico y le pediré que venga.

–No necesito a ningún médico. Así soy por las mañanas, incluso cuando no me doy golpes en la cabeza. Me cuesta madrugar. Me gusta tomarme tiempo para despertar. De todas formas, ¿qué está haciendo en mi habitación? Supongo que estará pensando en la manera de conseguir que mi padre salga de su escondite. Soy tan sólo el cebo para conseguirlo.

–Para que lo sepa, estoy en su habitación porque estaba preocupado.

–¿Cuánto tiempo lleva ahí?

–Casi toda la noche. He dormido en la butaca. Quería asegurarme de que no tuviera ninguno de los síntomas que la doctora mencionó.

Con cuidado para no tocarse de nuevo la herida, Polly apartó la almohada y lo miró. En algún momento de la noche, se había quitado el esmoquin y se había duchado. Llevaba puestos unos vaqueros negros y un polo, y estaba igual de guapo.

–No tiene aspecto de haber dormido en una butaca –comentó Polly reparando en que se le veía enérgico–. ¿Me ha estado observando mientras dormía? ¿No le parece inquietante?

–Es aburrido. No resulta demasiado divertida mientras duerme.

A pesar de su tono de burla, sus palabras la incomodaron por los pensamientos prohibidos que le provocaron.

–¿Y por qué me ha estado observando? ¿Acaso temía que su rehén muriera?

–No es mi rehén.

–Me trajo aquí porque esperaba que mi padre viniera a buscarme, no porque estuviera preocupado por mí. Así que deje de hacerse el santo.

Polly se incorporó lentamente y reparó en la taza de café que estaba en la mesilla. Estaba sorprendida de que hubiera pasado la noche cuidándola.

–¿Es para mí? –preguntó, disfrutando del olor a café.

–Sí. Ya me he dado cuenta de que le gusta el rosa, pero me temo que no tengo ninguna taza de ese color.

No sabía qué le molestaba más, si su tono seco o el hecho de que irradiara vitalidad mientras ella se sentía como un trapo. ¿Cómo podía estar tan guapo a primera hora de la mañana después de haber dormido en una butaca? En la mayoría de los hombres, la sombra de la barba les daba un aspecto descuidado, pero en Damon Doukakis aumentaba su atractivo.

Polly fue a dejar la taza en la mesilla cuando vio la mancha de tinta en la colcha.

—¡Oh, no! ¿He hecho eso? Lo siento mucho. Me debí de quedar dormida con el bolígrafo en la mano.

—Su bolígrafo de la suerte, el que necesita para sus ideas creativas.

Había una nota extraña en su voz, pero Polly estaba demasiado agobiada por el daño que había causado como para pensar en otra cosa. Se chupó el dedo y frotó la mancha. Al ver que no funcionaba, lo miró.

—Le compraré otra colcha. Sé que no tiene buena opinión de mí, pero entre mis delitos no está el estropear las cosas. De veras que lo siento.

—En comparación con los desastres que parece provocar, yo diría que esto no es nada. Vístase. Quiero hablar con usted.

—¿Qué he hecho esta vez?

—Eso es lo que quiero averiguar.

Polly trató de pensar en qué habría descubierto. ¿Tendría algo que ver con el modo en que había decorado la oficina?

—No es un buen momento para hablar. Tengo que darme prisa si quiero tomar el tren a París.

—Hace un momento estaba prácticamente inconsciente. No va a ir a París.

—He dormido profundamente porque estaba cansada, no porque me hubiera dado un golpe en la cabeza. Llevo sin dormir bien desde que me llamó para decirme que estaba a punto de arruinar mi vida. Y tengo que ir a París. Los empleados confían en mí para mantener esa campaña. Si me doy prisa, todavía puedo llegar a tiempo –dijo Polly apartándose el pelo del rostro.

–¿Por qué está tan dispuesta a proteger a los empleados?

–¿Qué clase de pregunta es ésa? Porque me preocupan. No quiero que pierdan sus trabajos, sobre todo teniendo en cuenta que parte de la culpa de este desastre es de mi padre. Me siento responsable. Siempre han sido muy amables conmigo y me han ayudado mucho. Cuando empecé a trabajar en la compañía, recién salí del colegio, estaba perdida.

–¿No fue a la universidad?

–Cuando terminé de estudiar, empecé a trabajar en la compañía de mi padre. Aprendí trabajando. Es la mejor forma de aprender.

Su cuaderno de notas aterrizó a su lado y se quedó mirándolo. Las mejillas le ardían al revisar mentalmente todos los secretos que podían haber quedado revelados.

–He disfrutado de la lectura –dijo él.

–No está bien leer las notas privadas de otra persona. Supongo que mira por las cerraduras y escucha detrás de las puertas.

–Ayer le pregunté de quién eran las ideas. ¿Por qué no me contó la verdad?

–Le dije que era el resultado del trabajo en equipo. Ésa es la verdad.

–El eslogan de la campaña de las zapatillas de correr es suyo. Según pone en su cuaderno, usted es responsable de todas las ideas de Prince Advertising de los últimos tres años. He estado revisando su porfolio y las cuentas de su compañía...

–¿Más lectura para la cama? Está claro que le gustan las historias de terror.

–Más que los misterios. Mi directora financiera, Ellen, ha revisado los números y ha llegado a unas interesantes conclusiones. ¿Por qué todo el mundo accedió a una reducción de sueldo?

–Porque nadie quería que hubiera despidos. Cierre los ojos mientras busco algo que ponerme. No puedo seguir hablando de esto en pijama –dijo Polly y se fue al cuarto de baño con algo que sacó de su maleta–. Como le digo, somos un equipo. Estamos en esto juntos.

–No hay ninguna duda de que tiene un gran talento creativo. ¿Por qué no se lo han reconocido?

Al oír aquel halago se quedó de piedra.

–¿Cree que tengo talento?

–Conteste a mi pregunta.

–Conoció al consejo –dijo sujetando la ropa delante de ella como si fuera un escudo.

–Cuando dijo que se habían apropiado de su trabajo, pensé que se refería a las hojas de cálculo.

Polly lo miró y suspiró.

–Nadie del consejo era capaz de presentar ideas. Así que ellos daban la cara, pero las ideas eran mías.

–Y ganó la campaña de High Kick Hosiery –dijo sacudiendo la cabeza incrédulo–. Deberíamos haber ganado esa campaña.

–Nosotros fuimos mejores. Y ahora, si me disculpa, tengo que tomar un tren.

La sola idea de tener que abrirse paso en la estación la hacía desear quedarse allí tumbada, pero no estaba dispuesta a decírselo.

–No va a ir en tren. Un médico la examinará y, si dice que está en condiciones de volar, iremos en mi jet a París.

–¿En su jet? ¿Por qué?

–Porque no me gusta viajar en tren.

–No, me refiero... ¿Para qué va a venir?

–¿Le pongo nerviosa, verdad? –preguntó mirándola con los ojos entornados.

El estómago le dio un vuelco y la boca se le quedó seca.

–Usted es el jefe y puede despedirme.

–No está nerviosa por eso –dijo manteniéndole la mirada.

Polly se encogió de hombros, preguntándose por qué era un desastre en lo que a hombres se refería.

–Mire, están pasando muchas cosas. El contrato con Gérard es importante. Tiene uno de los mayores presupuestos de marketing de Europa. Si se me da bien esta reunión, quizá consigamos más contratos.

–Por eso voy con usted. No debería ir sola a ver al vicepresidente de una compañía.

–Quiere decir que no confía en mí.

–Al contrario. Quiero verla en acción. Quiero saber más de su proceso creativo –dijo y miró su reloj–. Vístase. Más tarde seguiremos esta conversación.

–Lo estoy deseando.

Damon se dirigió hacia la puerta y de pronto se detuvo.

–Hace una hora que recibí una llamada de un investigador privado que he contratado para localizar a su padre. Al parecer, también está en París.

Sintió que se le secaba la boca y se preguntó si sería por la herida o por tener que hacer frente a la nueva relación de su padre. Esta vez sería peor puesto que la mujer en cuestión era Arianna, su amiga y hermana de Damon.

—Es posible. Mi padre es una persona muy romántica.

—No hay nada de romántico en una relación entre un hombre de cincuenta y cuatro años y una joven de veinticuatro.

—No lo sabe. Le gusta mucho juzgar a las personas.

—Cuando se refiere a proteger a mi familia, así es. Por cierto, espero que incluyera ropa de trabajo en el listado que le dio a Franco. Si va a llevar la responsabilidad de un ejecutivo de altos vuelos, tiene que parecerlo. Si va a conocer a un vicepresidente de marketing, tiene que cuidar su imagen. A los franceses les gusta lo chic. Debería dar una imagen de estilo y elegancia.

—¿Es así como vestía su equipo cuando perdieron el contrato? Es usted muy tradicional. Quizá el cliente no quería algo tradicional. Nos dijo que lo impresionamos por nuestra creatividad y originalidad.

—Quizá no se estaba refiriendo a su aspecto.

—O quizá le gusten los flamencos —dijo Polly esbozando una sonrisa inocente—. Me vestiré y nos encontraremos en el salón. Tengo que hacer unas llamadas antes de irnos. Y por el amor de Dios, póngase algo más serio y formal. No voy a llevarlo a París con esos vaqueros —dijo y sin darle opción a responder, se metió en el baño.

—Éste no es el hotel. Yo misma hice la reserva y a menos que lo hayan mejorado en veinticuatro horas, éste no es el sitio que elegí —dijo contemplando el lujoso vestíbulo del hotel.

Después de ver el interior del jet privado de Damon,

había pensado que nada podría volver a impresionarla. Pero se había equivocado. Todo el mundo allí parecía millonario. Un sentimiento de inferioridad empezó a apoderarse de ella, así que se irguió y se comportó como si estuviera en su salsa.

En cuanto Damon puso el pie en aquel hotel tan exclusivo, hubo un cambio en el ambiente. Damon parecía tener un efecto hipnotizador en los que lo rodeaban. Las cabezas se giraban y los empleados se dirigían a él con la debida deferencia. Acostumbrada a alojarse en hoteles baratos, donde ella misma tenía que cargar con la maleta hasta una diminuta habitación con vistas al aparcamiento, Polly estaba fascinada por el cambio.

–No puedo permitirme este hotel –dijo Polly, pensando en el presupuesto–. No podría cargar estos gastos al cliente.

–Ambos sabemos que las finanzas no son su punto fuerte. De ahora en adelante yo me ocuparé de esa parte de los negocios. Usted ocúpese de la parte creativa. He reservado una planta para nosotros –dijo Damon, dejando que su equipo de seguridad se ocupara de los detalles.

–Un momento –dijo Polly acelerando el paso para seguirlo hasta los ascensores–. No puedo ignorar la parte económica. Tengo que tenerla en cuenta.

–Usted es la que habló del trabajo en equipo. Esto es trabajo en equipo. Cada uno hacemos aquello que se nos da mejor. Lo suyo es garabatear en un cuaderno rosa. Yo me ocupo del dinero.

–Sí, pero... –comenzó, pero su teléfono la interrumpió–. Disculpe, tengo que contestar esta llamada. *Bounjour, Gérard, ça va? Oui, d´accord...*

Al terminar la llamada, Damon estaba dentro del ascensor, mirándola.

–Lo siento, pero no podía hacer esperar a un vicepresidente de marketing.

–No esperaba que lo hiciera. Tampoco esperaba que hablara francés.

–Hay muchas cosas que no sabe de mí. Tengo talentos ocultos.

–Ya me doy cuenta –dijo sin dejar de mirarla–. No ha dejado de mandar correos electrónicos y de hablar por teléfono desde que se levantó. ¿Cuándo aprendió a hablar francés?

–Teníamos un profesor de francés en el internado que era muy guapo. Era la única clase que todas seguíamos con interés y... Es broma –dijo Polly, consciente de que no era una buena idea recordar el colegio–. Me prometí que, si alguna vez un francés atractivo me susurraba algo al oído, sería capaz de entenderlo.

–Sería preferible no entenderlo –dijo Damon, haciéndola reír.

Al darse cuenta de que estaba riendo, Polly se detuvo. Pero la conexión ya se había producido y su corazón empezó a latir con fuerza. Por la expresión de sus ojos, él también la había sentido y rechazaba aquella química tanto como ella. De repente, deseó besarlo en la boca para callar su sarcasmo.

Preocupada por sus pensamientos, Polly sintió alivio cuando llegaron a la suite.

–*C'est magnifique* –dijo ella.

Luego atravesó el salón y salió a la terraza. El aire fresco borró la sensación claustrofóbica del ascensor. El deseo de besarlo desapareció y respiró aliviada mientras contemplaba los tejados de París. Al sentir sus pasos acercándose, se puso tensa.

–¿Dónde puede estar su padre?

–En algún sitio en el que nadie lo buscaría. Así es él

–dijo Polly y se giró, dando la espalda a la ciudad–. Esto no tiene que ver sólo con mi padre. También con su hermana. Tampoco se ha puesto en contacto con usted, ¿verdad? Eso quiere decir que tampoco quiere que den con ella.

–Es muy impulsiva y fácil de manipular.

–Si está pensando en aquel incidente en el internado, deje que le recuerde que tenía catorce años. De eso hace diez años. Ahora ya es una mujer adulta.

–No se comporta como tal. No siempre toma la decisión adecuada.

–¿No es eso parte del proceso de madurar? Uno tiene que equivocarse para darse cuenta de que ha tomado la decisión incorrecta. ¿No se ha equivocado nunca? Supongo que la vida es perfecta para usted.

La prueba de sus éxitos lo rodeaba. No sólo en aquel hotel ni en el jet que los había llevado a París con tanto lujo, sino en su estilo de vida. Tenía una isla en Grecia, un ático en Nueva York y una casa para esquiar en Suiza. La gente se moría por ser amigo de Damon Doukakis y de su hermana. Todas las puertas se abrían a su paso.

–¿Cree que nací con todo esto? –preguntó en un tono que la puso aún más nerviosa–. Mi padre trabajaba en una empresa de ingeniería. Cuando lo despidieron, se sintió tan avergonzado por haber fallado a su familia, que no nos lo contó. Cada mañana decía que iba a trabajar, pero realmente se iba a la biblioteca a buscar empleo.

Sorprendida por aquella inesperada revelación, Polly se quedó mirándolo.

–¿Lo consiguió?

–No. Mi padre era griego. Tenía mucho orgullo. El hecho de no ser capaz de mantener a su familia hizo que se sintiera frustrado. Incapaz de asumirlo, se lanzó con el coche por un puente. Estaba en casa esperándolos, cuando la policía llamó a la puerta.

–¿Esperándolos?

–Mi madre también iba en el coche. Nadie supo por qué lo hizo y si ella sabía lo que mi padre pretendía. ¿Sabe lo peor? –dijo Damon mirando la ciudad–. Los despidos no eran necesarios. Me enteré unos años más tarde, cuando aprendí de negocios y todo se debía a una mala decisión. Fue entonces cuando decidí que nunca trabajaría para nadie. No quería que nadie decidiera mi futuro.

Aquello explicaba muchas cosas como su despiadado comportamiento y el control rígido con el que dirigía sus negocios.

Polly se dio cuenta de que la impresión que tenía de él era tan equivocada como la que él tenía de ella.

–Tuvo que criar a su hermana.

–Tenía seis años y yo dieciséis. Se me daban bien los ordenadores, así que decidí aprovechar mi destreza. Desarrollé un modo de analizar información que interesó a muchas compañías. Tuve suerte –dijo encogiéndose de hombros–. Estaba en el sitio adecuado a la hora adecuada.

–Pero ahora sus negocios no tienen que ver con ordenadores.

–Aprendí una cosa más: hay que diversificar las inversiones. Así, si una parte de los negocios va mal, otra puede ir bien.

Había pensado en todo por el bien de su hermana.

Polly tuvo una extraña sensación y se dio la vuelta. No debería sentir envidia de alguien que había sufrido una pérdida tan trágica. Incluso sin padres, habían sido una familia. Todo lo que había hecho, todo lo que había conseguido, había sido por su cariño hacia Arianna.

Desde el momento en que se había hecho cargo de ella, su prioridad había sido protegerla.

–Tuvo que ser muy difícil perder a sus padres de esa manera.

–La vida es dura –dijo mirándola con expresión indescifrable–. ¿Qué le pasó a su madre? Supongo que se divorció.

–Se fue siendo yo niña. No le gustaba la maternidad. Y mi padre... Cada vez que una relación no le funcionaba, buscaba otra mujer.

Incluso con veinticuatro años, el comportamiento de su padre seguía avergonzándola. No le gustaban los sentimientos confusos que tenía cada vez que su padre comenzaba una nueva relación.

–¿Y siempre con mujeres jóvenes?

–Casi siempre –contestó Polly, ruborizándose.

–¿Le resulta vergonzoso?

–Mucho.

Después de lo sincero que se había mostrado, no tenía sentido que ella mintiera sobre sus sentimientos.

–Así que no aprueba su relación con Arianna.

–Me ha preguntado si me resultaba vergonzoso y la respuesta es que sí. Respecto a que lo apruebe o no... Él es mi padre y le quiero. Quiero que sea feliz. ¿No quiere lo mismo para Arianna?

Polly se preguntó por qué estaba compartiendo sus sentimientos más íntimos con un hombre que tenía tan mala opinión de ella.

–Sí, y es por eso que no me agrada esta relación.

–Creo que todas las relaciones son complicadas y no creo que la diferencia de edad cambie eso.

–Cuando ve a una mujer de veinticuatro años con un hombre de cincuenta y cuatro, ¿no se pregunta por qué están juntos?

Polly se mordió el labio. No sabía si confesarle que el asunto de las relaciones la aterrorizaba.

–Estamos en el siglo XXI. Las relaciones ya no responden a patrones tradicionales. ¿Por qué le molesta? Ya tiene edad para no importarle lo que piensen los demás.

Pero Damon Doukakis era muy tradicional. Era griego. En las últimas veinticuatro horas había aprendido que la familia era lo más importante para él.

–Me da igual lo que piense la gente. Lo que me preocupa es que Arianna sufra. No podemos negar que su padre no tiene una buena reputación en lo que a relaciones se refiere.

–Usted tampoco.

–Eso es diferente.

–Va de relación en relación. Además de lo evidente, acuerdos prematrimoniales, facturas elevadas de abogados,... ¿cuál es la diferencia?

–El matrimonio es una gran responsabilidad y ya tengo bastantes responsabilidades –dijo él respirando hondo, como si la sola idea lo incomodara–. En mis relaciones no hay promesas rotas, nadie sale herido.

–Para que a una mujer no le importe que una relación termine, el hombre en cuestión tiene que ser muy aburrido o un canalla. Lo que quiero decir es que estoy segura de que muchas mujeres resultan heridas cuando las deja. Probablemente no lo demuestren por orgullo. Y no veo la diferencia entre las relaciones de mi padre y las suyas. No todas las relaciones tienen que acabar en matrimonio.

Pero el hecho de que se sintiera tan opuesto a asumir responsabilidades y compromisos, hizo que sintiera una extraña sensación. Era muy diferente al planteamiento de su padre.

–Si va a decir que la relación de mi hermana con su padre sólo tiene que ver con el sexo, no lo haga –le advirtió–. No quiero pensar en eso.

–Ya somos dos. Él es mi padre y a nadie le gusta pensar en la vida sexual de su padre –dijo Polly–. Pero tiene que admitir que Arianna es una mujer adulta. Mi padre no la ha retenido en contra de su voluntad. Disfrutan estando juntos.

–¿Va a emplear la palabra amor? –preguntó él arqueando una ceja.

No creía en el amor, pero no iba a decírselo. Había visto lo que le pasaba a la gente que creía en el amor y se había prometido a sí misma no llevarse una desilusión así.

–Se llevan bien, hay química entre ellos, les gusta charlar. Quizá ellos también piensen que es una locura, pero les resulta imposible resistirse.

–¿Química? –repitió sorprendido, clavando sus ojos en los de ella.

De pronto, la idea de su padre y su hermana juntos pasó a un segundo plano. Resultaba difícil mantener la conversación.

–Sí, química. A lo que me refiero es que la química puede ser algo muy poderoso. Quizá no pudieron ignorarla, no lo sé.

Se hizo un largo silencio y luego la tomó del rostro y acercó su boca a la suya. Polly se entregó al calor del beso, fundiendo íntimamente sus bocas con intensidad. El calor que se generó era suficiente para hacer funcionar un reactor nuclear y la pasión tan ardiente que borró todas las ideas preconcebidas que tenía de cómo debía de ser un beso. Damon besaba igual que hacía todo lo demás, con la seguridad de alguien que sabía que era el mejor en todo. Aquella boca sensual y los movimientos eróticos de su lengua se apoderaron de su mente, de su cuerpo y de su alma. No sintió el movimiento de sus manos, pero de repente se dio cuenta de que sus cuerpos estaban unidos. Ardiendo por dentro, apoyó las manos en su pecho, sintiendo la fortaleza de sus músculos. Con la boca unida a la suya, deslizó los dedos bajo el cuello de su camisa, desesperada por acariciarlo. Al instante él hundió sus dedos en el trasero de Polly, acercándola a su erección.

Aturdida por el deseo, ella se estrechó contra él, pero en cuanto lo hizo, Damon se apartó de ella, negándole el placer que su cuerpo anhelaba. Polly buscó apoyarse en él, pero la sujetó por los brazos para impedírselo. Se mantuvo distante y no volvió a besarla. Poco a poco, Polly cayó en la cuenta de lo que aquello implicaba y, al abrir los ojos, comprobó que la estaba mirando.

Con la respiración entrecortada, Damon la soltó y se apartó de ella.

−¿Quieres saber cómo se ignora la química? Pues de esta manera. Se llama autodisciplina. Tan sólo hay que decir que no −dijo en tono frío, en contraste con los sentimientos de Polly.

Polly quiso replicar algo, sorprendida por su arrogancia y su indiferencia. Quería pretender que aquello no había significado nada para ella. Pero no había sido así. Y eso le impedía decir nada.

Deseaba darle una bofetada, pero si lo hacía, sería evidente lo que aquel beso había supuesto para ella. Así que permaneció quieta y en silencio como si tal cosa.

Damon miró su reloj.

−Hemos quedado con Gérard a las siete para cenar en la Torre Eiffel. Lleva algo elegante.

Después de decir aquellas palabras, se dio media

vuelta y regresó al interior del apartamento, a su mundo de lujo y elegancia.

Polly se sintió desplazada. ¿Qué acababa de ocurrir? Abrió la boca y se pasó la lengua por los labios. Su primer pensamiento fue que aquel beso no le había afectado a él tanto como a ella. Pero sabía que no había sido así. Había sentido la fuerza de su reacción.

¿Qué había querido demostrar al besarla? ¿Que podía irse cuando quisiera? ¿Que aquella pasión había sido una decisión como cualquier otra? Se preguntó si la fuerza de la atracción entre ellos lo había sorprendido a él tanto como a ella.

La rabia se apoderó de Polly. ¿Cómo se atrevía a besarla de esa manera y luego irse?

No había duda de que era un engreído y que se sentía superior. Había conseguido demostrar su despiadado autocontrol mientras que ella había demostrado un bochornoso grado de docilidad. Atraída por su experiencia sexual, había estado a punto de dejarse llevar hasta el final. Había conseguido ponerla en ridículo.

Furiosa y humillada, giró la cabeza y miró hacia la lujosa suite, pero no vio ni rastro de él. Al parecer, al haber conseguido su objetivo con tanto éxito, se había retirado a alguna parte para concentrar su atención en algún asunto de su imperio antes de la reunión de aquella tarde. Una reunión en la que estaba seguro de que lo avergonzaría.

«Lleva algo elegante».

Parecía convencido de que ella lo estropearía todo.

Polly apretó los labios. Sabía lo buena que era en su trabajo. Si fuera la mitad de buena en su relación con los hombres, no habría caído en aquella trampa. Hasta el momento, él no se había hecho más que opiniones equivocadas y ella había estado tan ocupada, que no había hecho nada por demostrarle lo equivocado que estaba.

Pero esa noche, eso iba a cambiar. Si Damon Doukakis pensaba que podía controlarlo todo, se iba a llevar una sorpresa.

Capítulo 6

YO LLEVARÉ la iniciativa en la reunión.

Damon se acomodó en el asiento trasero de la limusina. Los correos electrónicos que había recibido le servían de excusa para evitar conversar con la mujer que tenía a su lado.

¿Por qué demonios le había tenido que contar tanto sobre él?

–¿Por qué vas a llevarla cuando no has sido tú el que consiguió el contrato?

Su tono era frío y, al mirarla, comprobó que ella también estaba atenta a su teléfono móvil contestando un correo electrónico. Al ver que no lo miraba, Damon frunció el ceño. No estaba acostumbrado a la falta de interés de una mujer, especialmente de una a la que había besado.

–Tiene sentido que sea yo el que maneje la conversación. Hace quince años que conozco a Gérard.

–Entiendo, se trata de un asunto de hombres, ¿verdad? No te preocupes. Cuando acabéis de daros golpes en el pecho y de hacer todo lo que los hombres hacéis, expondré mis ideas.

Damon no sabía qué le enfurecía más, si sus palabras o el hecho de que no lo mirase al hablar.

–La manera en que llevo una reunión de negocios no tiene nada que ver con eso. Además, me gusta oír ideas nuevas.

–Siempre y cuando provengan de alguien vestido con un traje oscuro. Sé sincero: cuando me viste, me descartaste por mi vestido y mis medias rosas.

–Eso no es cierto.

–Es cierto. Una vez que lleguemos al restaurante, de lo primero que hablaréis será de los éxitos de vuestros negocios, de los logros y de los objetivos financieros logrados. Él te verá como el rey de la selva, tú pedirás una botella de vino caro para demostrar tu gusto exquisito y su importancia como cliente, y una vez que acabe el protocolo del macho alfa, entonces será mi turno.

Damon respiró hondo.

–Estás enfadada porque te besé.

Aquello llamó la atención de Polly y levantó la mirada.

–¿Por qué iba a enfadarme? Besas muy bien. A ninguna mujer le importaría ser besada por un hombre que sabe lo que está haciendo. Aunque tienes que mejorar el final. Resultó un poco brusco. Pero mejor así –dijo y volvió su atención al móvil–. Respecto a la reunión, quiero estar segura de haber entendido las reglas. Tienes que tener el control de todo lo que haces. De acuerdo, no tengo inconveniente. Me sentaré hasta que terminéis de presumir de egos.

Damon seguía digiriendo el comentario acerca de su beso, por lo que no supo qué responder.

Se preguntó si su elección de un abrigo largo tendría algo que ver con lo que había pasado antes. La cubría del cuello a los tobillos. No había nada provocativo en su aspecto. Lo que hacía que su deseo por desabrocharle los botones y saborearla de nuevo fuera más difícil de controlar.

Damon puso toda su fuerza de voluntad en apartar su mirada de ella y se fijó en la ventana. Fue un error.

París brillaba en la oscuridad y los amantes paseaban de la mano. Todo sugería intimidad.

Desesperado por el rumbo que estaban tomando sus pensamientos, Damon fijó su atención en su teléfono. Tenía que admitir que sentía que su autocontrol estaba siendo puesto a prueba. Sí, había ganado. Siempre se aseguraba de ganar todas las batallas, pero había necesitado una gran fuerza de voluntad.

Cuando el conductor se detuvo ante la torre Eiffel, Damon salió veloz, aliviado por dejar el espacio claustrofóbico del coche. Polly salió lentamente y se quedó a una distancia prudencial de él.

—Esto parece un sitio extraño para una cena. Espero que no te hayas equivocado —dijo Polly mirando la larga fila de gente que esperaba para subir a lo más alto de la torre.

—Gérard quiere impresionarte —dijo Damon reparando en que Polly se había recogido la melena rubia en un moño.

Se había aplicado brillo en los labios, nada provocativo. De hecho, su aspecto era discreto. Se había puesto unos zapatos planos, perfectos para las calles empedradas de París. Era evidente que se había tomado en serio la orden de que se pusiera elegante.

Confiaba en relajarse y que la tensión abandonara su cuerpo. Pero no ocurrió.

—He cenado aquí antes. El restaurante está allí arriba.

Ella siguió su mirada e inclinó la cabeza. La famosa estructura de hierro brillaba orgullosa ante la espectacular puesta de sol de París.

—No hay duda de que Gérard sabe cómo impresionar a una mujer. ¿O ha sido idea tuya? Quizá todo esto sea parte de tu complejo de superioridad, de tener que mirar a los demás por encima del hombro.

Damon ignoró su comentario y la condujo hasta un ascensor privado, reservado para los clientes del restaurante. Había sido un error dejar que su relación traspasara el plano personal. Menos mal que se trataba de una cena de negocios. Gérard y él hablarían de la absorción de Prince Advertising en DMG y Polly podría explicar sus ideas para la marca.

Mientras el ascensor subía, Damon mantuvo la mirada al frente. Era consciente de que Polly estaba a su lado, pero no giró la cabeza.

Al llegar al restaurante, el maître y Gérard, que acababa de llegar, los recibieron. Amigos desde hacía mucho tiempo, Damon y el francés se saludaron efusivamente, mientras alguien se ocupaba del abrigo de Polly. Sumido en su conversación sobre la fortaleza del euro, Damon tardó unos segundos en darse cuenta de que había perdido a su audiencia. Sólo había una cosa que podía superar el interés de Gérard por las fluctuaciones monetarias: las mujeres. Asombrado y molesto, Damon giró la cabeza para ver quién había distraído a su amigo.

Tardó unos segundos en reparar en que se había fijado en Polly. Nada más verla, Damon entendió por qué se había cubierto de la cabeza a los pies. Si la hubiera visto antes, la habría encerrado en la habitación del hotel y habría tirado la llave. Iba vestida de negro, color que era la única concesión a la elegancia. La chaqueta cerraba en un solo botón. Una camisola de encaje negro asomaba bajo las solapas. La falda era corta y llevaba las piernas cubiertas por unas medias que despedían destellos a la luz de las velas. Los zapatos planos habían sido sustituidos por otros de tacón. Hipnotizado por aquel increíble par de piernas, Damon reparó en que los destellos provenían de unos diminutos corazones de hilo plateado.

Las medias eran atrevidas, sexys y perfectas para una cita, lo cual las hacía completamente inapropiadas para una reunión con un cliente.

–*Mademoiselle est ravissant* –dijo Gérard, llevándose la mano de Polly a los labios–. Una vez más, estoy impresionado. Su decisión de ponerse esas medias para venir a un sitio como éste es una prueba más de que no me equivoqué al contratarla. Me encantan, son mis favoritas.

Ambos miraron las medias y Damon sintió que su temperatura se elevaba hasta niveles peligrosos. Iba a decir algo, cuando se dio cuenta de que estaban hablando de las medias y no de las piernas.

–Me encantan –dijo Polly, ignorando a Damon–. Son especiales, sexys y no resultan caras. Pueden transformar un aburrido traje negro en algo original –añadió lanzando una mirada fugaz a Damon–. Son el accesorio perfecto y entran dentro del presupuesto de la mayoría de las mujeres. A todas las chicas de la oficina les han encantado. Vamos a conseguir que sean un bombazo.

–¿Y me ha traído ideas de la campaña internacional con la que conseguiremos que High Kick Hosiery se convierta en un referente en el mundo de la moda?

–Le he traído un montón de ideas –contestó Polly, sacando su cuaderno rosa del bolso.

El francés rió.

–Ah, el famoso cuaderno rosa y el no menos famoso bolígrafo rosa. Las armas con las que Polly superó a los contrincantes. Si Napoleón te hubiera tenido a su lado con tu bolígrafo, la historia habría sido diferente –dijo tomándola del brazo y conduciéndola a la mesa–. Quiero escuchar tus ideas. Teniendo en cuenta tu gusto por el color rosa, me sorprende que esta noche no te hayas puesto unas medias de ese color.

–Al señor Doukakis no le gusta el rosa. Al parecer, le recuerda a los flamencos.

Damon se dio cuenta de que las medias rosas eran de la línea High Kick Hosiery y se preguntó en qué momento habría perdido su habilidad de pensar con claridad. Polly había decidido ponerse aquellas medias en uno de los lugares más exclusivos de París. Y no sólo eso, sino que se había puesto aquel abrigo largo porque sabía que a él no le habrían gustado. El hecho de que podía haberle avisado de que llevaba productos del cliente era algo de lo que hablaría con ella más tarde.

Damon se sintió en un segundo plano mientras Polly le presentaba a Gérard algunas ideas para la campaña. Al ver el alcance y la creatividad, se quedó sin habla.

Poco a poco fue dándose cuenta de que su papel en la empresa era más importante del que en un principio había pensado al leer las notas de su cuaderno.

–¿No es increíble? –dijo Gérard mirándolo, a la vez que levantaba su copa de champán–. Damon, no me queda más remedio que felicitarte por tu olfato para los negocios. La gente con talento no abunda. Polly es un diamante en bruto. Tengo que admitir que cuando mis colegas me recomendaron a Prince Advertising, me negué. Pero enseguida oí hablar de la muchacha del bolígrafo rosa y de sus grandes ideas creativas.

–Tiene unas ideas muy originales –admitió Damon–, y por suerte, en la compañía tenemos la capacidad de convertir esas ideas en realidad. Pondremos a nuestro mejor equipo a trabajar en tu campaña.

–No me importa quién esté en el equipo –dijo Gérard, pinchando con el tenedor una vieira–. Siempre y cuando esté Polly. Eres muy astuto, Damon. Te has adelantado. Me habría gustado contratarla en mi compañía.

Sorprendido ante la idea de que Gérard pensara ofrecerle trabajo a Polly, Damon frunció el ceño. Polly se había olvidado de su comida y estaba escribiendo en su cuaderno, ensimismada con sus ideas.

–Tenemos que pensar en la estrategia para dar a conocer la imagen de la marca. Luego, tenemos que concentrarnos en los medios de comunicación. No se trata de dar un mensaje y vender, sino de establecer una relación, de comprometernos con nuestros compradores.

Damon la observó en acción, incapaz de pensar en algo que no fuera la sensación de su boca junto a la suya. Su opinión de ella como la conflictiva amiga de su hermana estaba cambiando. Polly era inteligente y había encandilado al cliente tanto, que al acabar la cena había accedido a triplicar el presupuesto y a escuchar sus ideas para otras dos marcas. Recordaba cómo se había plantado ante el consejo y cómo los había desafiado. En aquel momento, había asumido que el motivo de su defensa era su propio interés, pero ahora se daba cuenta de que su comportamiento se debía a un profundo compromiso con la gente que trabajaba para la compañía. Se sintió culpable. Se estaba dando cuenta de que trabajaba tanto como él. Le importaban los empleados tanto como a él. Incluso en aquel momento, se había olvidado de la herida de su cabeza para asistir a una reunión con un importante cliente, cuando cualquiera se habría quedado en la cama.

No estaba acostumbrado a equivocarse con la gente, por lo que tuvo que admitir que había dejado que su juicio se viera afectado por la furia que sentía hacia su padre y por la opinión previa que tenía de ella.

Abstraído por cómo había podido pasar eso, tardó unos segundos en darse cuenta de que Gérard estaba cada vez más atento a Polly. Sabía reconocer cuándo había interés sexual. Cuando Gérard sugirió concluir la cena subiendo a ver la panorámica, Damon enseguida se opuso, incómodo con la idea de que aquel conocido playboy francés acompañara a Polly al destino preferido por aquéllos en busca de romance.

Damon se sorprendió a sí mismo levantándose y yendo a buscar los abrigos. No era una reacción racional ni lógica, pero quería que Polly se cubriera cuanto antes. Quería que se pusiera el abrigo, que se lo abrochara hasta el cuello y que ocultara aquellas piernas increíbles.

—Dentro de unos días te enviaremos una propuesta, Gérard —dijo dando por terminada la velada.

Luego, caminó con Polly hasta la limusina. Tras ellos, la torre Eiffel destacaba iluminada ante el cielo oscuro. Cuando el chófer abrió la puerta, ella se detuvo.

—Quiero dar un paseo. He tenido una semana horrible y esto es muy bonito. Me gustaría que me diera un poco el aire. Vete tú. Ya volveré al hotel.

Haciendo equilibrio, se quitó los zapatos de tacón y se puso los planos.

Damon tomó los zapatos y se los dio al chófer, antes de ofrecerle su brazo. La mirada de Polly viajó desde el brazo de Damon a su cara. Su sorpresa se reflejaba en su sonrisa.

—Tengo que proteger mis activos. Debería asegurar tu bolígrafo rosa.

—Sé que debería trabajar ante un ordenador y lo hago, una vez estoy segura de lo que quiero. Pero no sé ser creativa ante una pantalla. Necesito garabatear. En el colegio me pasaba lo mismo.

Polly se quedó pensativa unos segundos antes de tomarlo del brazo. Damon despidió al chófer con un discreto movimiento de cabeza y la dirigió hacia el río.

–Siempre quise cruzar un puente en París al anochecer –dijo Polly.

–Imagino que con un amante, no con un enemigo.

–Puede que esto te sorprenda, pero no sueño con amantes. Y no te considero un enemigo.

Damon respiró hondo.

–Si querías pasear, paseemos.

Apartó su brazo y se metió las manos en los bolsillos de su abrigo para evitar rozarla. Sabía que la disciplina empezaba en la cabeza, pero estaba descubriendo que su mente no era tan fuerte como había pensado. Siempre había evitado los compromisos para no tener más responsabilidades. Sus relaciones habían sido superficiales y así era como quería que siguieran siendo.

–¿Habías estado en París antes?

–No, es la primera vez. Las reuniones anteriores las mantuvimos en Londres –dijo mirando los reflejos de la superficie del río.

–Nos hubiéramos ahorrado algunos malentendidos si me hubieras contado desde el principio tu papel en la compañía. Es evidente que eres un miembro clave en el equipo.

–Si te hubiera dicho ayer en el consejo que todas las ideas era mías, ¿me habrías creído?

Damon respiró hondo.

–Probablemente no. Pero podías habérmelo demostrado.

–Preparé una presentación que nadie quiso ver.

–Yo estaba ocupado presidiendo el consejo, pero me lo podías haber dicho cuando nos quedamos a solas.

–¿Cuándo exactamente? ¿Antes o después de que dijeras que era una vaga? No creo que estuvieras receptivo.

–*Theé mou*, deja de tratarme como si fuera el malo.

—Me refiero a que no tenías una buena opinión de mí —dijo encogiéndose de hombros—. Y no te culpo. Por mi culpa, tu hermana fue expulsada del internado y ahora se ha fugado con mi padre. No es que tenga nada que ver con eso, pero entiendo que estés furioso.

—No estoy furioso, al menos no contigo. No me ha gustado que no me contaras la verdad sobre la compañía.

—Pensé que ibas a echarnos a todos para castigar a mi padre.

—A pesar de lo que hayas oído, siempre me han importado los empleos de la gente. Tengo que admitir que la ira hacia tu padre cegó mi sentido de los negocios. No pensaba con claridad. Me equivoqué al juzgarte, pero tienes que admitir que tenía razones para que así fuera.

—¿Porque me expulsaron del colegio?

—Porque Prince Advertising no parece una empresa seria.

—Lo cierto es que te equivocas. No hacemos las cosas a tu manera, pero eso no significa que no seamos profesionales.

Polly hizo una pausa para contemplar un barco que pasaba bajo el puente, con luces parpadeando y música sonando. En la cubierta, había una pareja abrazada y, de pronto, Damon se arrepintió de haber accedido a pasear con ella. Todo le recordaba al beso que se habían dado en la suite del hotel. Para distraerse, siguió hablando del trabajo.

—Me doy cuenta de que tienes unas ideas muy originales, pero esas ideas originales no son nada si no hay una buena empresa detrás. Tu compañía perdía dinero. ¿Sabes lo cerca que estabais de entrar en quiebra?

—Sí —contestó ella, mirando cómo se besaba la pareja.

—¿Es por eso que todos os bajasteis el sueldo?

–El consejo quería hacer despidos, pero nosotros no. Somos un equipo. Lo pasamos bien trabajando juntos y somos buenos. Eres un hombre listo y has visto las cifras. Sabes que el dinero que perdía la compañía iba a parar directamente al bolsillo de los consejeros.

–Lo sé. Es la razón por la que los eché. Lo que no entiendo es por qué tu padre permitió que eso pasara. Aunque no hacía frío, Polly se cerró el abrigo.

–Para mi padre, la empresa ha sido más un hobby que un negocio. Unas veces le interesaba y otras no. No controló a los consejeros y sin él, se fueron tomando más y más libertades. Hace unos seis meses, más o menos a la vez que empezó a salir con tu hermana, dejó de interesarse por la compañía. Desde entonces, se ha comportado como un adolescente enamorado. El consejo quería ahorrar costes.

–Y la solución eran los despidos, ¿no?

–Mi padre creó la empresa hace veinticinco años y algunas de las personas que empezaron con él siguen aquí. Son gente muy leal –dijo y se encontró con su mirada–. Y antes de que lo digas, sí, sé que los negocios no se basan sólo en la lealtad de las personas. Todos pensábamos que mientras conserváramos el empleo, podríamos hacer que las cosas cambiaran, así que estuvimos de acuerdo en bajarnos los sueldos. Supongo que esperábamos que se produjera un milagro –añadió y se apartó un mechón de pelo de la cara–. Y entonces mi padre y tu hermana desaparecieron y apareciste tú.

Damon no estaba acostumbrado a hacer confidencias, pero en aquel momento quería hacerlas.

–Tuvimos una discusión hace unas dos semanas. Arianna me dijo que estaba enamorada de alguien y que, cuando me dijera quién era, me iba a enfadar. Y tuvo razón, me enfadé.

–Lo imagino. Nunca fuimos tu familia favorita.

–Tenías razón cuando me acusaste de dejarme llevar por las emociones. Pero era como ver un tren estrellarse a cámara lenta. Se adivinaba el desastre y quería evitar que ocurriera.

–¿Por qué sentías que tenías que evitar que ocurriera?

–La noche en que nos enteramos de lo de mis padres, pensé que Arianna era muy joven para comprenderlo. Pero no lo era –dijo Damon estremeciéndose–. Se sentó en mi regazo y no paró de llorar. Nunca me había sentido tan desesperado como aquella noche. Me prometí a mí mismo que nunca dejaría que nada volviera a hacerle sufrir tanto.

Cruzaron el puente y siguieron caminando.

–Era una niña entonces. Ahora es una mujer adulta.

–Me comporto más como padre que como hermano y creo que ningún padre deja de sentirse responsable. Volvamos al hotel.

Damon se preguntó qué le había llevado a hacer aquel comentario, teniendo en cuenta que no le gustaba desvelar sus sentimientos.

–En otras palabras: no quieres hablar de ello. Lo siento, no debería haber preguntado. ¿Y qué pasa ahora? Te has quedado con la compañía, convencido de que podrías influir en mi padre. Pero ahora mismo, a mi padre no le preocupa la compañía. Está obsesionado con tu hermana.

Se la veía pálida y Damon se dio cuenta de que no se había parado a pensar en cómo se sentiría.

–Ha debido de ser difícil para ti, verlo enamorado de una mujer de tu edad.

Polly se pasó la lengua por los labios.

–Lo pasé mal en el colegio. Mi padre solía conducir

un coche deportivo y llevaba una rubia a su lado, como si de un accesorio más se tratara. Si algo te convierte en objetivo es tener un padre que se comporta de esa manera.

–¿Fue por eso por lo que te rebelaste?

Polly sonrió con tristeza.

–No me rebelé. Tenía problemas y los solucioné. Es lo que siempre he hecho.

–Había tres chicos en el dormitorio que compartías con mi hermana. ¿Qué manera es ésa de solucionar un problema?

–¡Eso pasó hace más de diez años! Me niego a ser juzgada por algo que ocurrió hace diez años. Olvídalo –dijo y empezó a caminar a un ritmo demasiado rápido para alguien de su estatura.

Damon maldijo entre dientes. No había duda de que Polly era más complicada de lo que había pensado en un principio. Pero ¿qué había malinterpretado? Con catorce años la habían pillado en su dormitorio con tres chicos en ropa interior. Una falta que había justificado su expulsión.

Llegaron al hotel, y Polly sonrió y le dijo algo en francés al portero.

–Entonces, ¿por qué tu cargo es asistente ejecutiva cuando deberías estar en el equipo de creatividad? No es un reflejo justo de tus responsabilidades ni de tu aportación.

–La vida no siempre es justa –dijo Polly entrando en la suite y saludando al equipo de seguridad.

Damon los despidió con un gesto.

–Creo que deberíamos dejar las formalidades, ¿no te parece?

Una vez se hubo cerrado la puerta, Polly se dio la vuelta. Había un brillo diferente en sus ojos.

–De acuerdo, olvidémonos de las formalidades.

Después de unos momentos de duda, Polly respiró hondo como si se estuviera armando de coraje. Luego, sin apartar la vista del rostro de Damon, levantó la barbilla y lenta y provocativamente, se desabrochó los botones del abrigo y dejó que se cayera al suelo. A continuación hizo lo mismo con la chaqueta y los ojos de Damon se clavaron en los finos tirantes negros de la camisola. No había dejado de mirar el encaje en toda la noche y ahora veía lo sugerente que resultaba aquella prenda sobre su piel pálida.

–*Theé mou*, ¿qué estás haciendo? –preguntó Damon sintiendo que se le secaba la boca.

–Estoy olvidándome de las formalidades y de mi ropa –dijo y esbozando una sonrisa pícara, se acercó a él–. ¿Qué ocurre, Damon? ¿Estás preocupado por tu autocontrol? ¿Tienes miedo a no poder ignorar la atracción entre nosotros? –preguntó agarrándolo del pecho de la camisa.

Damon sintió que el cerebro le dejaba de funcionar. Tenía que apartarla. Tenía que...

Polly lo tomó por la nuca y la atrajo hacia ella, ofreciéndole su boca cálida. Su sabor era dulce y exquisito y al sentir el movimiento de su lengua sobre el labio, una oleada de deseo lo sacudió. Tratando de resistirse, alzó las manos para separarla, pero acabó acariciando la piel de su mejilla. Si el beso que se habían dado antes había sido una demostración del poder de la atracción sexual, aquél resultó más tierno. Pero su efecto no fue menos devastador. Su boca dulce lo seducía, haciendo arder el fuego de su interior.

Damon sintió que perdía el poder de controlar sus emociones. Una parte de su cerebro lo advertía de que detuviera aquella locura de inmediato, mientras que otra le animaba a que se dejara llevar por el placer. Le quitó la horquilla que sujetaba su pelo y su melena cayó sobre sus hombros. Gimió y le acarició el pelo, antes de que el beso se volviera más profundo. Ambos sintieron la intensidad de la atracción sexual y esta vez, cuando fue a acariciarle el rostro, Damon se dio cuenta de que la mano le temblaba. Llevado por unas emociones que nunca antes había sentido, la tomó por los hombros, sintiendo el desesperado deseo de explorar todo su cuerpo. Los finos tirantes de la camisola cedieron a la presión de sus dedos y se deslizaron, haciendo caer toda barrera entre la piel de Polly y la boca de Damon. Al hundir los labios en su cuello, Damon la oyó gemir, sintiendo los rápidos latidos de su pulso.

De repente, ella se apartó.

Desorientado por su inesperada separación, Damon tardó un momento en darse cuenta de que se había apartado. Extendió la mano para tomarla de la espalda, pero ya estaba fuera de su alcance. La expresión de Polly era indescifrable mientras se volvía a colocar los tirantes de la camisola sobre los hombros.

–¿Qué estás haciendo?

–Me resisto a la química. Se llama autodisciplina –contestó Polly con voz seductora–. Tan sólo tienes que decir no, ¿no es así, Damon? No porque se te dé bien besar tienes derecho a ponerme en ridículo. No vuelvas a hacerlo otra vez –dijo y recogió su ropa antes de dirigirse a su habitación–. Que duermas bien.

Capítulo 7

POLLY se asomó al balcón de su habitación y respiró hondo, en un intento por calmarse. Se sentía frustrada y no sabía si darse una ducha de agua fría o ponerse unas zapatillas y salir a correr por las calles de París.

Se llevó las manos al pelo, pero recordó el momento en el que él había hecho lo mismo y se cruzó de brazos.

¿Qué demonios le había pasado? Su adrenalina se había disparado después de su reunión con Gérard. Además, se había sentido bien al presenciar el momento en el que Damon se había dado cuenta finalmente de su importante papel en la compañía. Pero eso no explicaba por qué había tenido que hacer aquella exhibición en medio de la suite del hotel.

Se llevó las manos a la cara, preguntándose cómo iba a ser capaz de volver a mirarlo. Quizá había sido por haber visto a todos aquellos amantes besándose. París era una ciudad para enamorados.

Había pasado la noche en vela, muy enfadada porque la hubiera puesto en ridículo. Dejó caer los brazos y tragó saliva.

La primera vez que se habían besado, había dejado claro que controlaba la situación. Ella había querido vengarse y lo había conseguido. Pero ahora iba a tener que pagar el precio. Su cuerpo estaba en llamas y lo que sentía la estaba volviendo loca. Si aquello era química, era comprensible que la gente se comportara de manera tan estúpida.

—Polly...

Al oír su voz, se dio la vuelta y lo vio allí parado. Los botones que le había desabrochado de la camisa, seguían abiertos. Su mirada era intensa y sus facciones estaban tensas.

—Vete de aquí. Estamos en paz —dijo tratando de no recordar sus besos.

—¿Besarme ha sido tu manera de castigarme?

—Me besaste para demostrar tu autoridad. Fuiste tú el que empezó esto.

Estaba aturdida por la expresión de sus ojos y dio un paso atrás. Se sentía asustada a la vez que fascinada.

—Lo sé y asumo la responsabilidad. Tienes derecho a estar enfadada y te pido perdón.

Sus palabras lo sorprendieron porque no se lo imaginaba capaz de disculparse y mucho menos de hablar con tanta amabilidad. Eso le hacía más atractivo todavía, teniendo en cuenta que su norma era mostrarse firme y seguro.

Polly se sintió envuelta en la intimidad del momento. Era una conexión que no entendía y a la que no podía oponerse. Todo París se extendía a sus pies como una brillante alfombra. El ambiente olía a las flores de las macetas que convertían la terraza en un exótico jardín. El entorno no podía ser más romántico.

Pero Polly no quería romanticismo. Había visto lo que el romanticismo provocaba en las personas y de repente se sintió asustada. ¿Por qué lo había besado? Después de aquella primera vez, debería de haber sabido que era peligroso y estúpido. Damon la hacía sentir algo que nunca había sentido y que no quería sentir.

—Está bien, ya te has disculpado. Puedes irte y será

mejor que lo hagas enseguida porque a tu lado no puedo respirar bien –dijo y apoyó la mano contra su pecho–. En serio, Damon, olvidémonos de todo este asunto. Oh, Dios mío...

La repentina presión de su boca junto a la suya interrumpió el resto de la frase y Polly gimió al sentir su lengua en la boca. Aquella erótica invasión hizo que su cabeza empezara a dar vueltas, arrojando sus sentidos en caída libre. Sintió que la destreza del beso y de sus manos recorriendo su cuerpo, disparaban su excitación sexual.

–Damon... –dijo y gimió al sentir que le acariciaba un pecho–. Creo que no deberíamos... o quizá, sí –se corrigió y lo rodeó por el cuello–. Dime que esta vez no te vas a detener.

–De ninguna manera. Y tú tampoco.

–Bien, porque si lo haces, voy a tener que matarte.

Polly tenía las manos bajo la camisa de Damon y acarició lentamente la calidez de su piel. Su cuerpo era esbelto y musculoso, pero eso no era ninguna sorpresa puesto que ya sabía que era fuerte. Lo que le sorprendía era la intensidad de sus emociones bajo el frío aspecto que presentaba al mundo.

Cuando lo había besado antes, lo había pillado con la defensa bajada. Por unos momentos, se había desprendido del rígido control que caracterizaba el modo en que llevaba su vida. El hecho de que hubiera conseguido atravesar esas defensas, intensificaba la excitación.

Se besaron con pasión, entregados a la ardiente intensidad del momento. El mundo se centraba en ellos. Polly había dejado de ser consciente de la ciudad que tenía a sus pies o del cálido susurro de la noche. Lo único de lo que era consciente era de él, del hombre que la estaba besando como si supiera todo sobre ella y sobre lo que necesitaba.

Nunca hasta entonces había entendido por qué el sexo llevaba a hacer que la gente tomara decisiones estúpidas.

Damon la tomó en brazos y la llevó desde la terraza al dormitorio principal de la suite. Ella se aferró a su cuerpo y siguió besándolo. París brillaba a través de la ventana, pero ninguno de los dos se molestó en mirar.

Al depositarla suavemente en el centro de la cama, Polly le quitó la camisa. Los músculos de sus hombros se marcaron al sujetar su peso para colocarse sobre ella. El movimiento resultó tan masculino que Polly contuvo el aliento.

No podía negar que su fuerza física formaba parte de su atractivo. La intensidad de cada beso y caricia resultaba muy masculina, atrayéndola hacia un mundo de peligroso deseo.

Polly se aferró a las sábanas de seda mientras Damon recorría con la boca todo su cuerpo. La necesidad de mover sus caderas le resultaba casi dolorosa. Se agitó y él la sujetó para impedir que se moviera. Privada de la única manera que tenía de calmar el ardor de su entrepierna, gimió en protesta antes de que él le separara los muslos y hundiera su boca en ella. Las caricias de su lengua la llevaron al borde de la desesperación y se rindió a aquella sensación, sin preocuparse de nada excepto del placer que él le proporcionaba. La excitación fue en aumento y explotó en un clímax tan intenso que apenas podía respirar.

Poco a poco, se tranquilizó y abrió los ojos. Pero antes de que tuviera tiempo de recuperarse, él subió por su cuerpo y la besó en los labios. No sabía cómo era posible desear a alguien tanto. Era un ansia devoradora y esta vez fue ella la que tomó el control, lo empujó y rodó sobre él. Era consciente de que él era más fuerte que ella y que podía haber impedido que lo empujara, pero era evidente que estaba dispuesto a seguir su juego.

Mientras bajaba por su cuerpo besándolo, lo oyó gemir y susurrar algo en griego, prueba de que estaba tan alterado como ella. Tomando el control, deslizó la lengua por su miembro y con los labios lo volvió loco haciéndole jadear.

–Te deseo.

Llevada por la misma desesperación, Polly subió por su cuerpo y se colocó sobre él. Damon se había olvidado de su necesidad de tener el control. Entrecerró los ojos, la tomó por las caderas y la penetró. Ella soltó un gemido al sentirlo dentro.

–Estás muy tensa. Relájate, *agape mou*...

Pero no podía relajarse. Su cuerpo ardía en llamas por la fuerza de su invasión.

Él clavó sus ojos en ella y frunció el ceño.

–*Theé mou,* ¿alguna vez has...?

Polly impidió la pregunta, acariciando sus labios con la lengua. Temblando de deseo, separó la boca de la de él para poder mirarlo y comenzó a mover las caderas. Aquello era mucho más que placer físico. Era la experiencia más erótica que había tenido en su vida. Las sensaciones fueron en aumento hasta que ambos llegaron al orgasmo.

Polly se dejó caer sobre él y sintió los latidos de su corazón. Damon la rodeó con sus brazos, acariciándole la espalda. Aunque no dijo nada, Polly sabía que estaba tan sorprendido como ella.

Entre sus brazos, se sintió asustada. ¿Qué había hecho? Le daba miedo la intensidad de las emociones que habían acompañado al placer físico. La conexión, la cercanía... Eran cosas que llevaba toda la vida evitando.

Se quedó tumbada unos minutos, con la cabeza apoyada en su pecho. El pánico se fue extendiendo poco a poco y se preguntó qué estaría pensando él. Probablemente se estuviera arrepintiendo. Damon Doukakis era un hombre que no perdía el control, pero lo había perdido. Y con una mujer que lo exasperaba.

Polly intentó apartarse, pero él se lo impidió.

—¿Adónde crees que vas?

—A la cama.

—Ya estás en la cama —dijo Damon haciéndola tumbarse de espaldas y obligándola a mirarlo—. En mi cama. ¿Qué ocurre? —preguntó y la besó con voracidad antes de continuar—: *Theé mou,* eres la mujer más sexy y atractiva que he conocido. ¿Qué demonios me estás haciendo?

Polly sintió el ansia en él. Ella sentía lo mismo y por eso le había sido imposible abandonar la cama. La pasión era mutua.

—Deja de jugar a ser el macho dominante.

—No estoy jugando a nada —dijo acercando su pene erecto a sus caderas—. Me deseas tanto como yo a ti.

Sí, lo deseaba. Estaba tan desesperada como él.

—Supongo que esta vez serás tú quien tome las riendas. Es lo justo, teniendo en cuenta que hasta ahora, he llevado yo la iniciativa.

Él sonrió con picardía.

—Siento decirte esto, pero no llevabas tú la iniciativa, *agape mou.*

—Te tumbé de espaldas.

—Es cierto que estaba de espaldas, pero sólo porque yo lo decidí. Te he tenido donde he querido.

Rápidamente se colocó sobre ella y se fundieron en

uno. Se detuvo un momento, dejando que sintiera lo que le estaba haciendo. Ella clavó sus uñas en la piel de su espalda mientras trataba de contener el fuego que la consumía.

Lentamente salió de ella y volvió a penetrarla. Con cada embestida, la excitación fue en aumento hasta que no pudo más y una dulce sensación los invadió. La experiencia fue tan sublime y perfecta que Polly sintió que todo su cuerpo temblaba.

Se quedó allí tumbada, sintiéndose ligeramente mareada.

Enseguida, el terror volvió a apoderarse de ella.

Emergiendo del coma inducido por el sexo, Damon se despertó y se encontró solo en la cama. A pesar de la luz de la mañana que se filtraba en la habitación, tardó unos segundos en orientarse. Las sensaciones que lo invadían le eran completamente desconocidas.

Había pasado una noche salvaje con Polly Prince.

Se cubrió los ojos con el antebrazo y maldijo entre dientes. Todo había empezado al querer demostrar su habilidad de controlar sus decisiones y sus actos.

¿Control? ¿Dónde había dejado el control durante la sesión maratoniana de sexo? Al tratar de demostrar que lo tenía, había demostrado no tenerlo. Y lo había hecho una y otra vez, hasta que se había quedado dormida sobre su hombro.

Sólo de pensarlo, volvió a tener una erección. Soltó una exclamación de frustración y se levantó de la cama, tratando de olvidar la escena de Polly dejando caer el abrigo al suelo.

Aquel striptease había sido su perdición.

Se dirigió al cuarto de baño y se metió en la ducha,

confiando en que el agua fría calmara su cuerpo y su cabeza.

Tenía que dejar de pensar y sentir.

Como si su vida no fuese suficientemente complicada ya, la había empeorado aún más. No era sólo la relación de su hermana con el padre de Polly o el hecho de que ahora trabajase para él y siempre hubiera evitado mantener una relación con una empleada. No, la verdadera complicación era que no quería tener una relación seria. No quería ser responsable de la felicidad de otra persona. Era suficiente cargar con miles de empleados y una hermana díscola.

Damon abrió el grifo de la ducha. Era consciente de que la única manera de enfrentarse a la situación era hacerlo sin más rodeos. La pregunta era si era mejor hacerlo de inmediato en el viaje de vuelta a casa o retrasar la conversación hasta llegar a Londres. Iba a ser imposible trabajar con ella y tenía claro que era una pieza imprescindible en la empresa. Sospechaba que el interés de Gérard por ella tenía que ver tanto con su imaginación creativa como por sus largas piernas.

Mientras se afeitaba y se vestía, Damon decidió posponer el momento en el que destrozara las ilusiones románticas de Polly. Después de hacer algunas llamadas a Londres y Atenas, seguía sin haber ni rastro de ella.

Apretó la mandíbula e intentó olvidarse de la sospecha de que era virgen. Mujeres vírgenes de veinticuatro años no existían, ¿no? Aunque ella se había mostrado más que dispuesta, no podía dejar de tener un sentimiento de culpabilidad. Al besarla, él había sido el que lo había iniciado todo.

Apartó aquel pensamiento y recorrió el apartamento en su busca.

No era un hombre que evitase las situaciones incómodas. Pero entonces, ¿por qué estaba dando largas al asunto?

Era hora de poner fin a algo que nunca debería de haber empezado.

La encontró sentada en el balcón, hablando por teléfono, mientras completaba una hoja de cálculo en el ordenador. Damon la estudió y comprobó que estaba animada mientras negociaba un precio con alguien al otro lado de la línea.

Cuando puso fin a la llamada, se concentró tanto en el trabajo que no reparó en su presencia. Al verla, Damon se preguntó cómo podía haberla acusado de ser una vaga. Era evidente que llevaba horas trabajando.

−¿No duermes nunca?

Ella alzó la mirada y sonrió con calidez.

−Mira quién fue a hablar. He oído que pasas una media de veinte horas trabajando.

−Soy el jefe.

−Entonces, ¿lo haces para dar ejemplo? Bueno, no importa. Me alegro de que estés aquí porque necesito hablar contigo −dijo y guardó el documento sobre el que estaba trabajando.

Damon respiró hondo, preparándose para la inevitable conversación.

Polly parecía muy contenta, como si una luz la iluminara desde el interior. Era evidente que había sucumbido a aquella sensación de fascinación que surgía al comienzo de una nueva relación. Sin duda alguna, estaba planeando su futuro en común, como solían hacer las mujeres. Y él estaba a punto de destrozar aquellos planes. Por eso era por lo que evitaba los compromisos. No se había olvidado de que el miedo de fallarle a la gente que quería era lo que había llevado a su padre al borde de la desesperación.

Empezó a sudar.

–Polly...

–¿Puedes echar un rápido vistazo a esto?

Giró el ordenador para que pudiera ver la pantalla. Llevaba el pelo recogido y un vestido morado. Boca abajo en la mesa, estaba su cuaderno rosa.

–He preparado dos propuestas con dos presupuestos diferentes –continuó Polly–. Confío en que Gérard se quede tan impresionado que no se fije en lo que cuesta. ¿Qué te parece? Lo conoces mejor que yo. Si crees que me he equivocado, dímelo. Se me ha ocurrido que podríamos hacer algo durante la Semana de la Moda y he hecho algunas llamadas.

Su dedicación al trabajo lo sorprendía.

–¿Quieres que revise el presupuesto? ¿Es de eso de lo que querías hablar?

–Sí –respondió girándose hacia la pantalla, mientras tomaba el vaso de agua que había dejado sobre la mesa–. Me gustaría mandarle esto por correo electrónico mientras siga emocionado por todo lo que hablamos anoche. Si este contrato va a reportar tanto para la compañía, no hará falta que despidas a nadie.

Damon estaba confundido. Había imaginado que la conversación versaría sobre otro asunto.

–Más tarde echaré un vistazo a tu propuesta.

–¿Podrías hacerlo ahora? Cuando vuelva a la oficina, quiero reunir al equipo y darles una charla para motivarles. Pensé que después de lo de anoche te resultaría imposible justificar algo tan serio como dejar que alguien se fuera.

–¿Después de lo de anoche? –repitió él–. ¿Crees que el hecho de que nos acostáramos va a afectar mis decisiones empresariales?

–Estaba hablando de la reunión con Gérard.

Claro, la reunión. Damon se llevó la mano a la cara, dándose cuenta de su error.

–Creo que estamos hablando de cosas diferentes.

–Creo que sí. Me refiero a los empleados. No puedo concentrarme y disfrutar de mi trabajo si tengo que estar preocupándome por posibles despidos. Quiero que eso se solucione. ¿De qué estabas hablando tú?

Damon bajó la mirada a sus labios y su cuerpo se tensó al recordar su sabor. El hecho de que estuviera pensando en los empleados y no en la noche que habían pasado juntos, lo sorprendía. Después de una noche de sexo, las mujeres querían saber qué ocurriría a continuación. Les gustaba empezar a hacer planes. Polly parecía haber asumido que ya eran pareja.

–Estás muy lúcida para no haber dormido. Creía que no te gustaba madrugar.

–Eso pensaba –dijo inclinándose hacia delante y cambiando una cifra en la hoja de cálculo–. Pero se ve que una noche de buen sexo ha hecho maravillas. Me hubiera gustado haberlo sabido antes. Lo habría hecho hace años. Seguramente es más sano que un café cargado.

Damon digirió aquellas palabras y respiró hondo.

–Así que ha sido tu primera vez...

–Me cuesta trabajar en esta campaña sin saber cuáles son tus planes.

–*Theé mou*, ¿puedes dejar de hablar de trabajo?

–Lo siento, pero esta campaña es muy importante para la compañía. Te comportas de un modo extraño, si no te molesta que te lo diga. Hace un par de días me estabas diciendo que era una vaga y que trabajara, y ahora me estás diciendo que deje de pensar en el trabajo. Me confundes.

–Me equivoqué al decir eso. Me equivoqué contigo

–dijo Damon–. Ya te pedí perdón, pero vuelvo a hacerlo.

–Yo también me equivoqué contigo. Pensé que eras un adicto al trabajo. Pero ahora mismo, cuando lo que necesito es hablar contigo de trabajo, pareces incapaz de concentrarte.

–¿Por qué eras virgen?

–¿Qué clase de pregunta es ésa? –dijo ella sonrojándose–. Supongo que porque ningún hombre me ha querido llevar antes a la cama. Y ahora, ¿podemos poner fin a esta conversación? No sé qué es lo que se suele hacer a la mañana siguiente, así que no me avergüences.

–Te expulsaron del internado con catorce años porque tenías a tres chicos en tu habitación –dijo–. Así que ambos sabemos que no eres tan inocente. ¿Cómo pasaste de vampiresa a virgen?

–Nunca dije que fuera una vampiresa. Hiciste esa suposición, junto a otras más.

–Hice esa suposición basándome en pruebas.

–Menos mal que no eres abogado –dijo y se encogió de hombros–. Veo que Arianna nunca te contó lo que pasó.

–No le pregunté. Pensé que lo mejor era olvidarnos de ese asunto.

–Sí, probablemente fue lo más sabio.

Damon comenzó a sentirse desesperado.

–Recuerdo aquel día con claridad. No diste ninguna explicación. Permaneciste con aquella mirada desafiante y dejaste que te expulsaran del internado. Ni una vez intentaste defenderte o evitar que pasara.

–Quería que pasara.

A lo lejos se oía el sonido del tráfico.

–¿Querías que te expulsaran?

–Sí, ése era el plan.

–¿El plan? ¿Me estás diciendo que lo orquestaste todo para dejar el internado? ¿Por qué querías una cosa así?

–Porque estaba siendo acosada. Había intentado poner remedio de otras maneras, pero ninguna funcionó. Así que decidí que tenía que dejar el colegio.

–¿Decidiste? ¿Y tu padre no dijo nada?

–No le pregunté. Era mi problema y yo lo resolví.

–¿No hablaste con los profesores?

–Sí –contestó mirándolo como si fuera estúpido–. Pero no sirvió de nada.

–¿Se lo contaste a tu padre?

–¿Por qué iba a contárselo a mi padre?

–Bueno, porque... –comenzó Damon, pero se quedó sin palabras–. Tenías catorce años. Era su responsabilidad acudir al colegio a solucionarlo.

–Ése no es su estilo. Siempre ha preferido que yo misma solucionara mis problemas y a mí me parecía bien. Se lo agradezco. Gracias a eso soy muy independiente. Pero me sentí culpable porque Arianna se viera mezclada en el asunto.

–¿Así que no invitaste a aquellos chicos para divertiros?

–No. Les pagué para que vinieran y se quedaran allí mientras yo bailaba en ropa interior con una botella de whisky en la mano. Enseguida, alguien avisó al director que rápidamente vino y me pilló. Era lo que habíamos planeado. Me pareció una buena solución y a los chicos no pareció importarles echarnos una mano.

–¿Por qué se mofaban de ti las otras niñas?

–Supongo que por mi padre y por su manera de llamar la atención con sus coches deportivos y sus novias rubias y jóvenes.

–¿Qué tal te fue en tu siguiente colegio?

–Muy bien. Elegí uno cerca de mi casa.

–¿Tú lo elegiste?

–Sí. Fui a ver un par de ellos y elegí el que tenía más asignaturas creativas. Pensé que me vendría bien.

–Tú... ¿Estás diciendo que elegiste tú misma el colegio? –preguntó Damon, incapaz de creer lo que estaba escuchando–. ¿Tu padre no fue contigo?

–¿Para qué? No sé por qué te sorprendes tanto.

–El acoso es un comportamiento inaceptable. Deberías haber contado con apoyo y no haber sido expulsada.

–Fue lo mejor que me ocurrió. Odiaba ese internado y Arianna también.

–¿Arianna lo odiaba?

–Sí. Creo que no tuvimos suerte con nuestras compañeras de curso. Le gustaba estar conmigo y decidió participar en mi plan.

–¿Por qué no me contasteis la verdad?

–Arianna dijo que lo haría, pero estabas tan enfadado que debió de cambiar de opinión. Mira, olvídalo. Hace tanto tiempo que no me acuerdo bien.

No la creyó. Era evidente que aquello la había dejado marcada.

–No mientas. Por una vez, quiero que me cuentes la verdad.

–La verdad es que ya no importa. Nada importa, ya lo he superado –dijo y sonrió, como si no fuera capaz de creerse sus propias palabras–. He dicho esas palabras un millón de veces y nunca me las he acabado de creer. ¡Pero esta vez sí! De verdad lo he superado –añadió y se puso de pie de un salto–. ¿Tienes idea de lo bien que me siento?

Se había acercado a él y lo había tomado por las solapas del abrigo. Al verla tan contenta, Damon tuvo que contenerse para no llevársela a la cama.

–Ahora entiendo lo mal que lo has pasado. Me he hecho con la compañía de tu padre y no me he mostrado muy amable que digamos.

Le había complicado la vida y estaba a punto de empeorar las cosas aún más diciéndole que lo suyo había terminado, que fuera lo que fuese que había habido entre ellos, nunca volvería a repetirse.

–Entiendo que estuvieras preocupado por tu hermana. No te preocupes –dijo y bostezó a la vez que se estiraba–. Arianna tiene mucha suerte de tenerte. Hiciste un gran trabajo criándola –añadió, mirándolo con admiración–. No sé cómo lo conseguiste. Ningún chico de dieciséis años es capaz de cuidar de sí mismo, mucho menos de otra persona. Mi padre se asustó cuando mi madre se fue y me dejó a su cargo. Aunque no me acuerdo porque tan sólo tenía dos años.

–¿Cuánto tiempo tardó tu padre en volver a casarse?

–Muy poco. Mi padre es un desastre y no se le da bien estar solo. En cuanto termina una relación, busca otra pareja. De pequeña lo aceptaba mejor, pero cuando empecé a ir al instituto...

Damon reparó en su propio comportamiento y no le gustó. Se acercó hasta el balcón y se quedó mirando el tráfico de las calles de París.

–Eres una mujer muy brillante. ¿Por qué no fuiste a la universidad?

Polly no contestó. Damon se giró para mirarla y vio en ella una sonrisa forzada.

–Pasé mi infancia yendo a las oficinas de Prince Advertising. Aquella gente era como mi familia. Después de las clases, prefería ir allí en vez de a una casa vacía. Solía ayudar a Doris Cooper repartiendo el correo y el señor Foster, de contabilidad, me ayudaba con mis deberes de matemáticas. Cuando cumplí dieciocho años, me di cuenta de que la empresa era un desastre y de que podía echar una mano y devolverles la amabilidad que siempre me habían ofrecido. Siempre estaban preocupados por perder el trabajo y no quería que eso ocurriera.

—Mis fuentes me han dicho que el señor Foster no lo está haciendo demasiado bien.

—Porque el consejo nunca invirtió en formación —replicó, defendiendo a su colega—. Tan sólo necesita ayuda con las hojas de cálculo. He estado ayudándolo porque gracias a él se me dieron muy bien las matemáticas. Pero no puedo dedicarle demasiado tiempo.

—Lo imagino, teniendo en cuenta que tú sola llevas la compañía.

—No te burles de mí.

—*Theé mou*, si te aseguro que nadie va a perder su trabajo, ¿podemos hablar de algo que no sea trabajo? —dijo y se pasó la mano por el pelo—. Polly, tenemos que hablar de lo que va a pasar a partir de ahora.

—Bueno, si dices en serio lo de no despedir a nadie, entonces descolgaré ahora mismo el teléfono para decirles a todos que...

—¡Polly!

—¿Qué? No me dirás que estabas bromeando, ¿verdad? Porque eso sería muy cruel.

—No estoy bromeando. Todos mantendrán su empleo.

—¿De veras? —dijo emocionada y se abrazó a él, sin dejar de bailar en el sitio—. Muchas gracias, retiro todo lo malo que he dicho de ti.

Damon se apartó de ella antes de que repitiera los errores que había cometido la noche anterior. Al hacerlo, vio que unas lágrimas rodaban por sus mejillas.

—¿Por qué estás llorando?

–Estoy muy contenta. No tienes ni idea... –dijo, pero se detuvo cubriéndose el rostro con las manos–. Sabía lo mal que iba todo, pero no sabía cómo resolverlo. Lo siento, pero esa gente ha formado parte de mi vida desde que era una niña.

Conmovido por una emoción que nunca antes había sentido, Damon la abrazó.

–Será mejor que dejes de llorar.

–Lo siento –dijo Polly sacando un pañuelo y sonándose la nariz–. Bueno, no te preocupes. Hoy eres mi héroe. Muchas gracias. ¿Podemos volver a Londres ahora mismo? Quiero contárselo a todos.

Damon se preguntó si Polly ya habría llevado sus cosas a su ático.

–Polly, tenemos que hablar de lo que pasó anoche.

–¿De qué tenemos que hablar? Ambos sabemos lo que ocurrió y por lo que a mí respecta, no hay nada de qué hablar.

–¿Así que eso es todo? ¿Tuvimos una noche de sexo apasionado y pretendes olvidarlo?

–Sí. Preferiría que nadie se enterara para evitar comentarios y estoy segura de que tú quieres lo mismo. Así que olvidémoslo.

¿De veras pretendía que lo olvidara?

–Polly...

–Anoche me besaste para demostrar tus razones y yo te besé para demostrar las mías. Las cosas se nos fueron de las manos.

–¿Me estás diciendo que no sabías lo que estabas haciendo?

–¡Por supuesto que sabía lo que estaba haciendo! –exclamó ella y se encogió de hombros–. Nos acostamos, ¿y qué? Estamos en el siglo XXI. No le afecta a nadie más que a nosotros y usamos protección. ¿Cuál es el problema?

—Nunca antes habías hecho el amor.

Su teléfono vibró y lo tomó para leer el correo electrónico que le había llegado.

—Bueno, hay una primera vez para todo. Tampoco había estado en París antes. ¿A qué hora volvemos a casa?

Sorprendido por su respuesta, Damon no contestó a su pregunta.

—¿No tienes intención de repetir la experiencia?

—¿De volver a París?

—De hacer el amor.

—Probablemente, sí —dijo guardando el cuaderno y el bolígrafo en el bolso.

Molesto por su indiferencia, Damon la agarró y la atrajo hacia él.

—¿Pretendes hacerme creer que no sentiste nada?

—No, claro que no. ¿Qué te pasa?

—Anoche pasamos siete horas haciendo el amor.

—No hace falta que me lo cuentes. Estaba allí.

El hecho de que quisiera olvidarse de algo tan increíble lo irritaba tanto como lo había hecho hasta unos minutos antes la idea de prolongar su relación. Sabía que no estaba actuando con lógica y eso lo enfurecía aún más.

—¿Quieres olvidarlo?

—¡Por supuesto! Ya te has tenido que dar cuenta de que soy un desastre en las relaciones. Y tú tampoco eres muy bueno que digamos. Así que está bien. Voy a recoger mis cosas mientras tú lees mi propuesta —dijo ella dándose media vuelta para dirigirse a su dormitorio—. Estoy muy contenta de que no vaya a haber despidos.

Sin palabras, Damon se quedó mirándola. Estaba

contenta porque sus compañeros no iban a ser despedidos, no porque hubieran pasado una noche de sexo.

Quería olvidar lo que había pasado. Al parecer, no se había hecho ilusiones. Para ella, sólo había sido una aventura de una noche. Nada había pasado.

Capítulo 8

DE VERAS ha aceptado ese presupuesto? –preguntó Debbie, dejándose caer en la silla y abanicándose con la mano–. Eso es increíble. Eres un genio.

–A Gérard le gustaron mis ideas.

–Espero que Damon se quedara impresionado y que se arrastre para pedirte disculpas.

Sin levantar la vista, Polly revisó su lista de cosas por hacer.

–No es tan despiadado. Es bastante considerado. Está preocupado por su hermana –dijo y al ver que Debbie no decía nada, levantó la cabeza–. ¿Qué?

–Lo siento, pero ¿no es un tanto extraño? Hace dos semanas era un lobo dispuesto a comernos a todos.

Polly sintió que se ruborizaba y rápidamente se dio la vuelta.

–Ha asegurado los puestos de trabajo de todos.

–¿Vas a contarme lo que de verdad pasó en París? Han pasado dos semanas y no has contado nada.

–Te dije que fue una reunión de trabajo muy productiva.

–Es evidente, pero no me estaba refiriendo a la reunión.

–La torre Eiffel es muy bonita por la noche.

–De acuerdo, dejemos de dar rodeos y vayamos al grano –dijo Debbie cruzándose de brazos y rodeando la mesa de Polly para verle la cara–. ¿Te besó?

Polly sintió que se quedaba sin respiración. Llevaba dos semanas intentando no pensar en lo que había pasado en París, especialmente en los besos de Damon.

–Olvídalo.

–Así que te besó.

–Polly, he conseguido un precio estupendo para los anuncios en televisión –dijo Kim, apareciendo con el bebé en un brazo y el teléfono móvil en la otra mano–. Te mandé un correo electrónico.

Aliviada por la interrupción, Polly alargó los brazos para tomar al bebé.

–¿Otra vez te ha fallado la niñera? No puedo creer lo que ha crecido en dos semanas.

–Siento haberle tenido que traer. Me hubiera quedado en casa trabajando, pero tenía que terminar algunos detalles de la campaña. A Sam no le importa.

Polly besó al pequeño en la cabeza.

–A él puede que no, pero tengo la sensación de que al jefe sí. Tenemos que acostumbrarle a estas cosas poco a poco o le dará un infarto. Casi le da con las plantas y los peces. Cuando se entere de que has traído a Sam al trabajo, va a tener que poner a prueba su paciencia.

–No se enterará. Damon se fue a Nueva York hace dos semanas y no se la ha visto desde entonces.

Polly quiso preguntarle por qué lo sabía, pero vio que Debbie estaba impaciente por continuar su conversación. Si se mostraba interesada, se quedaría en evidencia. Hubiera preferido saber que no estaba en el país. No hubiera tenido que pasar las dos últimas semanas pendiente de que apareciera por la puerta.

–Quizá estuviera en Nueva York –murmuró Debbie–, pero ya no lo está. Acaba de entrar por la puerta. Y tienes un bebé en brazos.

Polly sintió que se ruborizaba. Su corazón empezó a latir con fuerza.

–¿Por qué ha tenido que elegir este momento para venir a vernos? Kim, deprisa, llévate a Sam a una de las salas de reuniones. Cuando se vaya Damon, iremos a buscarte.

A pesar del pánico, se sintió excitada ante la idea de volver a verlo. Esa sensación la asustaba. Al acercarse a él, lo único que deseaba era abrazarlo.

–Hola. ¿Qué tal tu viaje? ¿Has hablado con Gérard? Me ha llamado esta mañana. Tengo noticias estupendas.

Polly se dirigió presurosa hacia la puerta para mantenerlo alejado de Kim y del bebé, pero él avanzó con paso firme, decidido a mantener aquella conversación en mitad de la oficina.

–Me llamó hace cinco minutos. Enhorabuena. Ha aceptado el presupuesto más alto. Y quiere encargarnos las campañas de otras marcas. Felicidades. Acabas de pescar un buen ejemplar en el mundo del marketing. La única condición es que quiere que dirijas al equipo. Teniendo eso en cuenta, pensé que había llegado el momento de definir tu puesto en la compañía. Creo que una asistente ejecutiva no debería estar asesorando a un vicepresidente.

–Entonces, será mejor que me nombres presidente. Así podré darte órdenes.

No quería admitir lo contenta que estaba de volver a verlo. Estaba a punto de preguntarle qué más le había contado Gérard, cuando escuchó un llanto lejano. Polly se quedó horrorizada.

–¿En qué puesto estabas pensando? –dijo levantando la voz–. Me parece bien lo que se te ocurra.

–¿Por qué estás gritando?

–Porque estoy muy contenta de que Gérard se haya

decantado por el programa más ambicioso –dijo sin dejar de oír los llantos del bebé–. ¿Podemos hablar de esto en tu despacho? Creo que esta conversación debería ser privada.

–¿Quieres ir a algún sitio más privado?

Polly sintió que el corazón se le desbocaba ante la perspectiva de tener que estar a solas con él. Pero ¿qué otra opción tenía? No quería que averiguara que Kim había llevado a su bebé a la oficina.

–Por supuesto. Hay algunas cosas que son confidenciales –dijo y se dirigió a la escalera sin darle oportunidad de responder.

Al ver que la seguía, suspiró aliviada.

Cuando llegaron al despacho de Damon, Polly saludó a la secretaria.

–Hola, Janey, tus plantas tienen muy buen aspecto.

–Dan alegría al entorno. Gracias por las recomendaciones. ¿Quiere café, señor Doukakis?

Incrédulo, Damon se quedó mirando las plantas.

–¿De dónde han salido?

–Las encargué y acaban de llegar –respondió Janey–. Me gustaban las que tenía Polly en su planta y me dijo cuáles comprar.

–Relájate, Damon. Unas cuantas plantas no van a estropear el ambiente de tu oficina megaeficiente.

–Lo próximo es que vas a pedirme que incluya a los peces como equipamiento básico de oficina.

–No creo.

Polly se preguntó si le estaría resultando la conversación tan dura como a ella. Estaban hablando de plantas y peces cuando lo que de veras quería saber era por qué había vuelto y si la había echado de menos.

–Los peces son diferentes. Requieren cuidados específicos.

–Estaba siendo irónico.

–Lo sé, pero te pones tan serio que te he seguido la corriente. Las plantas no te molestarán, Damon. No son carnívoras. Ahora, respecto a ese ascenso... –dijo y se sentó en una de las sillas–, espero que me des un despacho enorme de cristal y muchas secretarias zalameras.

–No lo pasarías bien en un despacho. Necesitas estar rodeada de gente y de ruido.

El hecho de que estuviera empezando a conocerla tan bien, le resultaba incómodo.

–De acuerdo, nada de despachos ni de secretarias. Parece que lo hayas estado haciendo todo tú sola. No hay duda de que eres muy creativa, pero también eres muy organizada y no quiero ponerte límites –dijo sentándose al otro lado de su mesa.

Polly lo recordó haciéndole el amor y se revolvió en su asiento.

–Me parece bien lo que tú quieras. No me llaman la atención los títulos y ese tipo de cosas. Lo que me gusta es hacer bien mi trabajo.

Ahora que estaba frente a él, no podía parar de pensar en el sexo. Tenía la impresión de que él estaba teniendo el mismo problema.

–Tienes que relacionarte con los clientes porque tienes un don para la comunicación. Así que propongo nombrarte directora de campaña y te encargo la campaña de High Kick Hosiery. Y ya es hora de que tengas un sueldo decente –dijo y nombró una cifra.

Polly se sintió al borde del desmayo.

–Eso es mucho.

–Es un poco más alto de lo que se está ofreciendo en el mercado, pero no me gusta perder a nadie por dinero.

–Eso es estupendo, pero no vas a perderme –dijo y

en cuanto reparó en el doble sentido de sus palabras, añadió–: Me refiero al trabajo, evidentemente.

–También quiero que eches un vistazo a esto –dijo empujándole una carpeta–. He pensado que esto te interesaría.

Sorprendida, Polly abrió la carpeta. Dentro encontró información sobre un máster en Administración de Empresas. Por un momento se quedó sin respiración. Con las manos temblando, fue pasando páginas.

–He solicitado este curso...

–Lo sé, todos los años durante los últimos cuatro. Me lo contaron cuando solicité la información.

–¿Hablaste con ellos?

–Quise asegurarme de que te admitirían si decidías hacerlo.

–¿Me estás preguntando si quiero hacer un máster en Administración de Empresas? ¿Ya no quieres que trabaje para ti?

–Sólo he dicho que no quiero perderte. Así que trabajarás a la vez que estudias. De esa manera, trabajarás para mí y te tomarás tiempo libre siempre que lo necesites.

–¿Dices que podré estudiar y seguir trabajando?

–Quizá requiera mucho esfuerzo y decidas no aceptar.

–¿Por qué? ¿Porque sigues creyendo que soy una vaga? –dijo con tono de humor–. No tengo una licenciatura para poder acceder al máster.

–Han tenido en cuenta tu experiencia laboral para aceptarte. Quizá tengas que hacer un par de exámenes para acceder.

Damon había dedicado tiempo a elegir cursos para ella. Parecía demasiado bueno para ser realidad.

–Tampoco puedo permitírmelo.

–La empresa lo costeará. Nos beneficiaremos de todos esos conocimientos.

–¿Por qué? –preguntó sintiendo que el nudo de su garganta se hacía más grande–. ¿Por qué ibas a hacer algo así por mí?

–Porque vas a trabajar aquí una larga temporada y tienes que ir haciéndote un plan de carrera.

Polly no sabía si reír o llorar.

–Siempre pensé que eras un griego tradicional para el que el lugar de la mujer está en la casa, cuidando hijos.

–Soy tradicional. No tengo inconveniente en que una mujer haga eso si es lo que quiere. Pero también soy un astuto hombre de negocios. Me gusta contratar a los mejores y te quiero en mi compañía. Me gusta cómo trabajas, pero sé que siempre has querido hacer esto y por eso, deberías hacerlo.

Polly se puso de pie, temiendo romper a llorar.

–Si te parece bien, voy a llevarme esto y a leerlo.

–Siéntate. No he terminado.

Polly se sentó. Seguía abrumada por lo que le estaba ofreciendo.

Damon permaneció en silencio unos segundos, tamborileando con los dedos en la mesa mientras la miraba.

–Esta noche tú y yo vamos a salir.

–¿Cómo? –dijo tratando de mostrarse profesional–. ¿Tenemos una cena de negocios?

–No es de negocios, es una cita. Puedes dejar el cuaderno en casa.

–¿Me estás pidiendo salir?

–Sí.

–Trabajo para ti –respondió sintiendo que su corazón se aceleraba.

–No me importa. Por una vez, voy a hacer lo que quiero sólo porque quiero.

–Oh. Así que no tiene que ver con los negocios ni nada por el estilo, ¿no?

–Así es. Siempre me estás diciendo que me lo tomo todo muy en serio.

–Bueno...

–¿Es eso un sí?

–Sí. ¿Adónde iremos?

–A un sitio especial.

–Así que no me puedo poner mis medias de flamenco.

–Vamos a ir a bailar. Te recogeré a las diez.

–¿A bailar? –dijo Polly, poniéndose de pie y dirigiéndose a la puerta.

–Ah, una cosa más, Polly. Respecto a ese bebé que escondes en la oficina...

–¿Bebé? –repitió Polly, quedándose de piedra–. ¿Qué bebé?

–Dile a Kim que vamos a organizar un servicio de guardería, así que ya puede ir despidiendo a esa canguro. Sé que el bebé estaba en tu despacho el día que despedí a los miembros del consejo. Me han dicho que Kim es muy buena en lo que hace y voy a pasarla al departamento de prensa.

–¿Te encuentras bien? –preguntó Polly.

–Nunca me he encontrado mejor, ¿por qué?

–Porque estás siendo muy razonable. Hace un par de semanas, nos hubieras despedido a todos por tener a un bebé escondido en la oficina.

–Kim es muy eficiente y despedirla pondría en riesgo las campañas que has conseguido. Además, sé cuándo tengo que darme por vencido.

–Eso es estupendo. Gracias. Tenemos unas cuantas madres en el equipo y les gustará lo de la guardería.

–Por cierto, puedes dejar de ayudar al señor Foster.

Mañana va a empezar un curso. Ah, y nada de comprar más plantas a mi secretaria. Este sitio está empezando a parecer una selva.

–Es difícil vestirse para salir sin saber adónde vas –dijo Polly cubriéndose con el abrigo en el asiento trasero del coche de Damon–. ¿Y si me he puesto algo no adecuado?

Estaba sentada junto a él y sus brazos se rozaban.

–Quítate el abrigo y te lo diré –dijo él, enarcando las cejas.

–No me lo quito para que no me digas que llevo algo inapropiado.

–Al menos, prométeme que llevas algo debajo.

–Más o menos.

–Tengo la sensación de que debería haber preparado la cena en mi casa en vez de llevarte a un sitio público –dijo y la tomó de la mano.

Polly no sabía qué estaba pasando esa noche. Tenía la impresión de que no se le daban bien las relaciones, al igual que a ella. Llevaba dos semanas sin saber nada de él y había pensado que eso era algo bueno.

–Siento que no dieras con mi padre y tu hermana en París. Arianna es muy afortunada de tenerte –dijo, entrelazando los dedos con los suyos–. Aquel día en el internado sentí mucha envidia de Arianna.

–¿Porque su hermano la regañara?

–Porque su hermano se preocupara lo suficiente como para ir al colegio.

–No tenía ni idea de que estuviera siendo acosada. No sabes cuánto siento no haberme enterado.

–Siempre estuviste ahí para ella, eso es lo más importante –dijo y separó la mano–. Bueno, ¿y adónde vamos esta noche?

–Inauguran una discoteca. Sólo se puede asistir con invitación.

–¿Firebird? He leído mucho de ese sitio. Tiene muy buena pinta. El suelo de la pista de baile es de cristal y las paredes simulan llamas. Hay un montón de celebridades deseando alquilarla. ¿Te han invitado?

–Sí –contestó mirándola de manera extraña.

–Eso es impresionante. He leído que es prácticamente imposible estar en la lista de invitados. Intentamos ofrecer nuestros servicios sólo para conocer el sitio –dijo Polly y se echó hacia delante para ver a la multitud congregada–. Estoy deseando contárselo a todos. Van a ponerse muy celosos. No sabía que te gustaran las discotecas. Estoy descubriendo muchas cosas de ti. ¿Ésos son fotógrafos? La última vez que los tuve cerca, me llevé un buen golpe.

–Por eso he venido con mi equipo de seguridad.

–Si van a hacer fotos, voy a quitarme el abrigo –dijo Polly y se lo quitó–. No me mires así.

–Estás espectacular –dijo estudiando su diminuto vestido dorado. ¿Llevas medias de Gérard?

–Dijiste que íbamos a bailar, así que decidí llevar las piernas desnudas. ¿Vas a quedarte ahí mirándome o vamos a entrar?

En cuanto Damon salió del coche los flashes estallaron a su alrededor. La tomó de la mano y con paso firme caminó con ella hasta la entrada de la discoteca. Los miembros de seguridad alejaron a los periodistas, que les hacían preguntas a gritos.

–No sé por qué tienen tanto interés en saber con quién sales. Hay cosas más importantes en el mundo –dijo Polly al entrar en la discoteca–. Me apetece bailar –añadió al oír la música.

–Me alegro. Tomemos antes una copa.

–¿Necesitas alcohol antes de bailar?

Resultó que no. Ver bailar a Damon era un espectáculo que la hizo pensar en sexo y en lo que estaba por venir.

Polly se dejó llevar al ritmo de la música y seguía sonriendo cuando volvieron a su mesa.

Cada poco tiempo, alguien se acercaba a saludar a Damon y Polly se preguntó por qué atraía tanta atención allí donde fuera.

–Hay gente muy famosa aquí y todos se acercan a saludarte –dijo uniendo su copa de champán a la de él–. ¿Por qué quiere todo el mundo hablar contigo?

–Porque soy el dueño de este sitio y quieren hacerme la pelota. ¿Seguimos bailando?

–¿Eres el dueño de la discoteca?

–Ya te lo dije, me gusta diversificar las inversiones.

–Así que aquí eres el jefe también. Allí donde vas, eres el jefe. ¿Alguna vez no has estado al mando?

–Hace poco pasé una noche increíble con una mujer en París –susurró junto a su oído–, y durante unos segundos perdí el control.

–Pensé que habíamos quedado en olvidar eso.

–He cambiado de opinión.

Polly lo miró a los ojos y luego a la boca. El deseo de besarlo era tan poderoso que a punto estuvo de olvidarse que estaban en un lugar público.

–Todo el mundo nos está mirando.

–Entonces, es hora de marcharnos –dijo Damon, poniéndose de pie y ofreciéndole su mano.

De camino a casa, Polly soportó la agonía del deseo que sentía y en cuanto llegaron al ático, Damon le quitó el vestido. Con la misma impaciencia, ella le arrancó la camisa.

–Te deseo –dijo Damon levantándola en sus brazos para que lo rodeara por la cintura con las piernas.

Estaba tan ansiosa después de verlo bailar durante toda la velada, que enseguida arqueó las caderas. Damon la tomó por los muslos y la penetró lentamente, haciéndola gritar su nombre. Al sentirlo dentro, se quedó inmóvil y cerró los ojos, disfrutando de la intensidad del placer.

Se besaron como salvajes, mordiéndose y chupándose con desesperación, perdiendo el control ante el deseo que los embargaba.

Damon alcanzó el orgasmo pocos segundos después que Polly y, por lo que pareció una eternidad, ninguno de los dos se movió.

Luego, Damon la dejó en el suelo.

–Lo siento, la habitación estaba muy lejos.

Polly estaba aturdida. Se sentía como una diosa.

–No tienes por qué disculparte...

–Será mejor que vayamos antes de que vuelva a pasar...

La tomó en brazos y la llevó al dormitorio. Mientras lo hacía, Polly se dio cuenta de que le gustaba que otra persona llevara el control. Su último pensamiento coherente antes de que la besara fue que no quería que nunca terminara.

Al amanecer, Polly se sentó con cuidado de no despertarlo, pero una mano fuerte tiró de ella y la hizo tumbarse de nuevo.

–¿Adónde crees que vas?

–A casa.

–No, vas a dormir aquí conmigo –dijo Damon, acariciándole el pelo antes de besarla.

Tenía que irse, pensó, pero él la rodeó con su brazo y la atrajo hacia él.

Se sentía muy bien y era esa sensación la que la asustaba. Siempre había evitado aquella clase de situaciones. Se había protegido de esas emociones porque sabía lo frágiles que eran las relaciones. Había crecido viendo cómo las relaciones de su padre fracasaban una y otra vez.

Pero con Damon...

Confundida ante aquellos sentimientos, se quedó quieta entre sus brazos. Él la miró, dándose cuenta del cambio que se había producido en ella.

–¿Qué pasa?

–Nada.

–No me mientas. Sé cuándo me ocultas algo. Dime qué va mal y lo arreglaré –dijo con voz sensual y la tomó de la nuca para hacerle apoyar la cabeza en su hombro.

Una sensación de calidez se apoderó de Polly. La hacía sentirse la mujer más sexy del mundo. Además, se mostraba protector con ella, lo que era una experiencia completamente nueva.

¿Acaso estaba mal disfrutar del hecho de que alguien velara por ella?

Damon se acercó, pero antes de besarla su teléfono vibró.

–Lo siento, no es el momento más oportuno, pero tengo que atender el teléfono. Espero una llamada de Atenas –dijo molesto por la interrupción.

Polly permaneció tumbada con los ojos cerrados y una mano sobre el pecho de Damon. Estaba intentando comprender cómo la hacía sentir. Después de una noche sin dormir, su voz sonaba sensual, sobre todo al hablar en griego.

De pronto, se puso serio y se levantó de la cama.

–¿Adónde vas? –preguntó Polly.

–Quédate aquí y pase lo que pase no salgas.

Polly observó embelesada cómo se le marcaban los músculos de la espalda mientras se vestía. Deseó rodearlo con sus brazos y llevárselo de nuevo a la cama. Era el hombre más sexy que había visto y el sexo con él era la experiencia más asombrosa de su vida.

–Vuelve a la cama. El trabajo puede esperar.

–Tengo que ver a alguien –dijo sin mirarla–. Quédate ahí. Enseguida vuelvo –añadió y la besó.

Polly sintió curiosidad por saber por qué se había puesto tan serio. Poco después, oyó voces en el salón, que fueron subiendo de tono.

Preocupada, se levantó de la cama y se puso el vestido dorado que estaba en el suelo, donde Damon lo había dejado la noche anterior. Luego, se fue al salón.

Damon estaba de espaldas a ella, en una postura claramente desafiante. Descalza, caminó sin hacer ruido por el suelo de madera hasta que por fin vio a la otra persona.

Se quedó tan sorprendida, que no pudo moverse. Ninguno de los hombres se había dado cuenta de su presencia, concentrados en su conversación.

–¿Papá? –consiguió decir por fin–. ¿Qué demonios estás haciendo aquí?

Capítulo 9

PODRÍA preguntarte lo mismo. Ya veo que los rumores son ciertos –dijo su padre antes de girarse hacia Damon–. ¿No tienes escrúpulos? Te debería de haber bastado con mi compañía, pero no, tuviste que seducir a mi hija para vengarte.

Polly quiso acercarse a su padre, pero su cuerpo parecía atrapado en cemento. No podía moverse. No se le había ocurrido que Damon podía haberla seducido debido a la relación de su padre con Arianna.

Justo en aquel momento fue capaz de encontrar la palabra que describía sus sentimientos: amor.

Se había enamorado de Damon. Su cabeza le decía que era imposible en tan poco tiempo. Aunque quizá no fuera así. Él siempre había estado ahí. Era el hermano mayor de su amiga.

–¿Se atreve a venir a mi casa y pretender que le preocupa su hija? Hace semanas que no se ha molestado en ponerse en contacto con nadie –dijo Damon y avanzó un paso hacia el hombre–. Es un cobarde. Se ha escondido en lugar de dar la cara. Ya que está aquí, compórtese como un hombre y asuma la responsabilidad de sus decisiones.

Sin poder salir de su asombro, Polly vio como el rostro de su padre enrojecía.

–Escúchame bien, no soy ningún cobarde. No te tengo miedo.

–Pues debería tenerlo. Dejó sus negocios sin pensar en el futuro de sus empleados, al igual que hizo con su hija.

–No la abandoné. Polly no es ninguna niña. Es muy capaz de cuidarse ella sola.

–La dejó a su suerte con esos impresentables consejeros a quienes se les podría demandar por apropiación indebida de los fondos de la compañía, por no mencionar además acoso sexual. Y lo que es peor, la dejó sola ante mí, sin el apoyo de nadie.

Dividida por su amor hacia los dos hombres, Polly dio un paso al frente.

–Damon, es suficiente.

–¿Era ése su plan? –preguntó Damon, ignorándola–. En vez de comportarse como un hombre, dejó a su hija sola confiando en que el león no atacara, ¿verdad? ¿Acaso reniega de sus responsabilidades como padre?

–Polly hace muy bien su trabajo y se le da bien tratar a otras personas...

–Tan sólo tiene veinticuatro años –estalló Damon–. No tiene un ápice de maldad y la dejó a su suerte para que alguien como yo me la comiera viva.

–No pensé que fueras a hacerle daño.

–Me da asco. ¡Fuera de mi casa!

–Espera un minuto. Polly no está indefensa. Es fuerte.

–No le queda más remedio que serlo. ¿Cuándo la ha apoyado? ¿Cuándo ha estado ahí por ella?

–Le di un hogar cuando su madre se marchó.

–No diga más si quiere salir como entró –dijo Damon.

–¡Dejadlo ya! –exclamó Polly, interponiéndose entre los dos hombres–. Es suficiente –añadió, consciente de que Damon tenía razón–. Papá, ¿dónde está Arianna?

–Está en casa. Ahora es su hogar. Nos hemos casado

en secreto porque ambos sabíamos que él –dijo y señaló a Damon– nos lo impediría.

–¿Casado?

–Cuando quiero a una mujer, no quiero que sea tan sólo un trofeo sexual como hace él –dijo mirando a Damon–. Ha estado con muchas mujeres, pero no se ha casado con ninguna de ellas. ¿Qué dice eso de él?

–Que sé distinguir entre sexo y amor, y que tomo las decisiones con la cabeza.

–Será mejor que te vayas, papá –intervino Polly, temiendo que Damon perdiera el control.

–Sin ti no me voy.

–Polly se va a quedar aquí conmigo. Ahora es mía.

Era una declaración de posesión y Polly se quedó de piedra, conteniendo las lágrimas. ¿Qué otra explicación había? Damon le había dejado claro que no quería una relación. Sabía que no había nada que pudiera herir más a su padre que elegir a Damon en vez de a él.

–Espera, voy a vestirme.

Damon se giró lentamente, con una expresión de incredulidad en su cara.

–¿Te vas con él?

–No tengo otra opción –contestó sin apenas respiración–. Es mi padre.

–Claro que la tienes. *Theé mou,* dime que no te has creído lo que ha dicho.

Ni siquiera se lo había cuestionado.

La hostilidad de Damon hacia su padre era patente y le estaba costando un gran esfuerzo reprimir las lágrimas.

Los dos hombres que más amaba estaban enfrentados y no había manera de poner paz entre ellos, sobre todo después de que su padre se casara con Arianna. Damon nunca podría perdonarlo.

–Será mejor que me vaya. Damon, nos veremos el lunes en el trabajo –dijo aturdida.

Se hizo un largo silencio. Damon se quedó mirándola sin decir nada.

–No tienes que darme explicaciones sobre tu horario. Desnuda y en mi cama, soy tu amante y no tu jefe.

La frialdad con la que dijo aquellas palabras le dolió.

–Deberíamos irnos, Polly –le dijo su padre.

Asolada, se dio la vuelta y se fue al dormitorio, intentando no pensar en la inmensa felicidad que había sentido hasta hacía apenas unos minutos. Tratando de mantener la compostura, recogió los zapatos, el bolso y el abrigo, y volvió al salón. Allí, sólo vio a su padre.

–¿Dónde está Damon?

–Se ha ido. Ese hombre es muy inestable. Será mejor que te olvides de él, Polly. Vámonos.

Al llegar a su casa, Polly se sentía derrotada. Lo único que quería era encerrarse en su habitación, pero sabía que eso no le serviría de nada.

Ajeno a su dolor, su padre se puso a contarle su boda en el Caribe. La historia se repetía: una mujer nueva, una relación nueva. Debería de estar acostumbrada ya, pero esta vez era diferente y no sólo porque Arianna fuera su amiga.

–¿Estás enfadada conmigo, Polly? –preguntó Arianna–. Va a ser extraño ser tu madrastra, pero nos acostumbraremos a la idea. Sé que estás enfadada con Damon, pero así es. No hace falta que tengamos contacto con él.

–Trabajo para él. Tengo que verlo.

–Puedes buscar otro trabajo –dijo su padre, tratando de animarla–. Yo mismo te daré un empleo.

–No, gracias. Me gusta el trabajo que tengo ahora. Damon es un buen jefe. Todo este asunto podía haber terminado de manera muy diferente. Todos podían haber perdido su empleo y... No importa –añadió, demasiado cansada para discutir.

–Has pasado unas semanas terribles. Créeme, nadie conoce mejor a Damon que yo. Sé lo que es sentir su aliento en el cogote, mientras revisa todo lo que haces. Es un maniático del control.

–Lo cierto es que lo hace porque se preocupa por ti. Piensa en tu bien y quiere que seas feliz. Cree que su deber es protegerte y ha hecho un gran sacrificio personal. Así que quizá deberías empezar a ver las cosas desde su punto de vista. ¿Por qué demonios no lo llamaste? Ha estado muy preocupado.

–¿Por qué lo defiendes? –preguntó Arianna, intercambiando miradas con su marido–. Polly...

–Me voy arriba a trabajar –dijo Polly, sorprendida por su necesidad de defender a Damon–. Tengo cosas que hacer y quiero mantener mi empleo, a pesar de lo desastre que pueda ser mi vida personal.

Sabía que a pesar de lo que había pasado entre ellos, Damon no permitiría que lo personal se interpusiera a lo profesional. Sabía que su puesto de trabajo no corría peligro.

En la intimidad de su habitación, se echó sobre la cama, sintiendo un gran vacío. Le costaba creer que el día anterior había estado celebrando su ascenso y el sueño de su vida de que por fin iba a obtener un título. En aquel momento, no le quedaba ni rastro de aquella felicidad.

Asustada por lo mal que se sentía, trató de entrar en razón. Había hecho todo lo que tenía que hacer. Nadie había sido despedido. Gracias a Gérard, había entrado trabajo y dinero en la empresa y Damon se había dado cuenta por fin de cuál era su papel en ella.

Debería sentirse orgullosa y aliviada.

Pero nada de aquello le parecía importante en ese momento. En vez de sentirse vencedora, sentía que lo había perdido todo.

El lunes, se sintió tentada de no ir a trabajar.

–No vayas –le dijo su padre–. Quédate en casa y apaga el móvil.

–Tengo un trabajo, papá, y muchas responsabilidades. Acabamos de conseguir una gran campaña y estoy a cargo de ella. Disculpa, no quiero llegar tarde.

De camino al trabajo, pensó que quizá Damon pasara todo el día reunido. Tal vez hubiera encontrado una razón para viajar a Nueva York o a Atenas. No sabía que sería peor, si verlo o no.

En cuanto entró en la planta de su oficina, sintió que el ambiente era diferente.

–Buenos días, Polly –le saludó Debbie–. Tienes el café y la magdalena en tu mesa.

–Gracias –respondió sonriendo–. Quiero tener una reunión con el equipo a las once para preparar la campaña de High Kick Hosiery. ¿Puedes avisar a los demás?

–Claro, pero te acaban de llamar. Te necesitan en contabilidad en la planta décima.

–¿Para qué? –preguntó dejando el bolso sobre la mesa.

–No tengo ni idea, tan sólo sigo instrucciones. Y hay muchas que seguir.

Tras ese misterioso comentario, Debbie salió, dejando a Polly con la sensación de que algo estaba pasando. ¿Se habrían enterado todos de lo que había pasado entre Damon y ella?

Al abrir las puertas de la planta décima, se quedó sorprendida al ver que se había transformado en una réplica de la suya. Había fotografías en las mesas, además de otros objetos personales.

Asombrada, Polly se giró hacia la mujer que tenía más cerca.

–¿Qué ha pasado aquí?

–¿No le llegó el correo electrónico? Nos han autorizado a personalizar las oficinas. ¿No es una idea estupenda? Estaba cansada de tener que andar cambiando de mesa cada día. Tenía que dejar los libros en el maletero de mi coche. No sé quién lo habrá convencido de que cambie de opinión, pero debe de ser un genio.

–Sí, claro –dijo Polly sonriendo.

Antes de que pudiera decir nada más, su teléfono sonó. Era Jenny, la secretaria de Damon.

–Hola Jenny –dijo al contestar.

–El jefe quiere hablar contigo, Polly. Te espera en su despacho en cinco minutos.

Polly se guardó el teléfono en el bolsillo y tomó el ascensor. Nada más verla llegar, Jenny le señaló hacia la oficina, con una gran sonrisa en el rostro.

–Te está esperando. Tengo órdenes de que nadie os moleste.

–Eso me da mala espina.

Polly llamó a la puerta y respiró hondo.

Damon estaba sentado en su mesa, hablando por teléfono. Al verla, le indicó que se sentara.

Polly se sentó y reparó en la pecera que había sobre la mesa. Sorprendida, parpadeó varias veces para asegurarse de que estaba viendo bien.

–Llevas tus medias rosas de flamenco. Te quedan bien –dijo Damon una vez hubo colgado el teléfono.

–Has comprado peces.

–Alguien me dijo que quedaban muy bien en los despachos, que relajaban. Como estaba tenso, decidí probarlo.

–Ya me he enterado del correo electrónico autorizando a personalizar las oficinas.

–Tenías razón. A la gente le gusta tener cosas personales en la oficina. Es uno de los cambios que voy a hacer.

–Ah.

–Deberías preguntarme qué otros cambios va a haber.

–Explícamelos.

–Voy a hacer que sea obligatorio llevar medias rosas.

Polly se sonrojó. Damon la observó unos segundos y luego se puso de pie.

–El hecho de que no sonrías me dice que estás tan triste como yo por toda esta situación. Es eso lo que quería saber –dijo acercándose a ella y obligándola a ponerse de pie–. Te debo una explicación. Perdí los estribos con tu padre y no debería haberlo hecho.

–No te culpo por ello, yo también me enfadé con él.

–No debería haberte hecho elegir entre él y yo.

–Damon, no quiero hablar de...

–Sé que no quieres hablar de ello, pero vas a tener que hacerlo. Sé que te dan miedo las relaciones, Polly. No hay que ser un experto para darse cuenta de que te cuesta comprometerte. Por eso te perdono por pensar mal de mí el viernes.

–¿Que me perdonas?

–Sí, te perdono –dijo y la besó suavemente en los labios–. No es muy halagador que la mujer a la que amas crea que te la llevaste a la cama para vengarte de su padre. Eso me dolió.

–Damon...

–Te quiero. He pasado toda mi vida huyendo del amor. Pero te conocí y no me quedó más opción.

–Me dijiste que eso nunca pasaría.

–Lo que demuestra que no controlo las cosas como pensé que hacía. Tenías razón: me daba miedo ser responsable de la felicidad de otra persona. Tenía a Arianna, a todos estos empleados... No quería tener a nadie más hasta que apareciste en mi vida. Te quiero más de lo que pensé que se podía querer a alguien.

–¿De veras?

–Le dije a tu padre que ahora eras mía.

–Supuse que pretendías enfadarlo.

–Estaba diciendo la verdad. Es cierto que haría cualquier cosa por proteger a Arianna, pero esto no tiene nada que ver con mi hermana. Tiene que ver con nosotros. Sé que estás asustada. Sé que estás pensando en que tu padre se ha casado por quinta vez y que las relaciones no duran, pero seguro que la nuestra... –dijo y la besó–. Mírame y dime que no crees que dentro de cincuenta años seguiremos juntos.

–Yo también te quiero –dijo Polly, sintiendo que los ojos se le humedecían.

Damon sonrió y se llevó la mano al bolsillo del pecho.

–Te he comprado esto –dijo dándole una pequeña caja–. Quiero que lo lleves siempre para que en cualquier momento te acuerdes de lo mucho que te quiero.

Abrió la caja y sacó un anillo de diamantes.

–Es precioso, pero no puedo ponérmelo –dijo, pensando en los obstáculos que se interponían entre ellos–. Quiero a mi padre, Damon. Sé que a veces se comporta como un idiota, pero él es así –añadió secándose las lágrimas con la manga–. Ahora se ha casado con tu hermana y lo odias. No podemos estar juntos si lo odias.

–No llores. No quiero verte llorar. Te prometo que

arreglaremos las cosas con tu padre. Fui a verlo y estuvimos un rato hablando sin llegar a las manos. Eso es un buen comienzo.

–¿Has ido a verlo?

–Estuve con él esta mañana, después de que te fueras a trabajar. Mi hermana me pidió perdón.

–¿De veras?

–Al parecer, fue por algo que le dijiste. Se siente culpable por haberme causado tantas preocupaciones. El otro día en el consejo me dijiste que era excesivamente protector y tenías razón. Pero me sentía responsable de Arianna y eso impedía que la dejara echar a volar. No podía soportar la idea de que le pasara algo.

–Hiciste un gran trabajo.

–Quiero dejar de pensar en ellos y pensar en nosotros –dijo Damon acariciándole la mejilla–. Vamos a casarnos y, a diferencia de ellos, vamos a celebrar una gran boda.

–Te quiero mucho. Por cierto, ¿te he dicho ya que te queda muy bien ese traje?

–En ese caso, creo que vas a estar muy ocupada durante la próxima hora –dijo rodeándola con su brazo y saliendo del despacho–. Jenny, no me pases llamadas.

–Claro –dijo la secretaría sin ocultar su sonrisa.

–Tengo cosas que hacer y no quiero que piensen que soy una remolona.

–Te doy permiso para que te tomes libre la próxima hora.

Sin soltarla, apretó el botón del ascensor con el codo y esperó a que las puertas se cerraran.

Embriagada de felicidad, Polly lo besó.

–Lo que digas. Tú eres el jefe.

¡Aquel desierto albergaba oscuros secretos!

Cuando Jamilah Moreau se había entregado al jeque Salman en París, cinco años antes, había soñado con vestidos de novia y finales felices, mientras que él sólo había actuado movido por el deseo…

Ahora, Salman podía tener todo lo que deseara, y tal y como descubrió Jamilah cuando se la llevó a un oasis, ¡la seguía deseando a ella! No obstante, el tiempo los había cambiado y hacer el amor ya no era suficiente. Lo ocurrido en París había tenido consecuencias duraderas para ambos…

Los secretos del oasis

Abby Green

Deseo™

Corazón frío

EMILIE ROSE

Wyatt Jacobs era un poderoso ejecutivo que estaba acostumbrado a conseguir lo que deseaba, y lo que quería era que Hannah Sutherland saliera de su propiedad. Pero Hannah se negaba a dejar atrás la tierra que amaba... y sus sueños.

Obligada a luchar por los establos de su familia, la hermosa veterinaria sabía que su nuevo jefe tenía un gran corazón tras su fachada fría. Por eso, cuando él le hizo una oferta que no pudo rechazar, Hannah aceptó. Domaría a aquel ejecutivo costara lo que costara, aunque eso significara enamorarse.

Su enemigo. Su jefe. Su amante

Bianca

Su jefe nunca se había fijado en ella antes...
¡pero eso iba a cambiar!

Cam Hillier, magnate de las finanzas, necesitaba que una joven atractiva y educada lo acompañara a una fiesta, pues su pareja acababa de dejarle plantado. Por eso, Cam se fijó en la mujer que tenía más a mano: su discreta secretaria, Liz Montrose.

El empleo de Liz no incluía tareas de acompañamiento. Sin embargo, como sólo estaba ella para mantener a su hijita y llevar dinero a casa, no pudo negarse a la petición de su jefe. ¡Aunque ya no se escondería detrás de vestidos anodinos ni gafas de pasta!

Belleza escondida

Lindsay Armstrong